◇前言 PREFACE

文库，原本是指收纳书物的仓库和书库，也指收纳书与记事簿，以及不常用物品的小箱子。以前者为例，京浜急行线的"金泽文库站"就是以前镰仓时代北条氏用来收藏汉书的，"金泽文库"名字的由来便是如此。东京都的世田谷区也存在收集珍贵汉书的"静嘉堂文库"，后者则更多地被称为"手文库"。

江户时代以来，可以放入袖袂的小开本书籍逐渐流行起来，被称为"袖珍本"。明治三十六年（1903），富山房发行了小开本的丛书，起名"袖珍名著文库"。随后，明治四十四年（1911），讲述战国时代的猿飞佐助和雾隐才藏系列故事的讲谈社"立川文库"发行出版。讲谈是一种日本民间艺术形式，以口语化的方式讲述历史故事。而"立川文库"则是将讲谈收录成册集中出版的丛书，据统计，当时刊行量为200册左右。从那时起，文库就脱离了原本的释义，逐渐演变成了现在的类书集丛。

文库说法借鉴了日本出版业界的传统说法。而千本樱源自日本奈良县吉野山樱花盛开的奇景，世人皆用"一目千本樱"来形容樱花美景。千本樱文库纳入的作品皆为日系作品，题材包括推理、悬疑、幻想、青春、文化等类型，正如千本樱满山盛开的绝景。

现代日本，以"文库"命名刊行的丛书系列有200种以上，所谓"文库本"只不过是统称而已。日本传统的"文库本"常用的是A6尺寸的148mm×105mm，也叫"A6判"。千本樱文库的所有书籍将在"文库本"的基础上提升，达到148mm×210mm的开本标准。在追求还原的前提下，力图带给读者视觉更清晰的阅读体验。

明治维新以来，日本文学有了长足发展，传统文学扎根本土，西学东渐，渐渐演化出了日本特有的美学文化。类型文学则在国民精神需求骤增的背景下蓬勃发展，各家出版社争相设立文学新人奖，用来挖掘出色的文化创作者。而投稿获奖也是志在成为作家的创作者们最依赖的出道途径。不过，新人出道的方式并不局限于此，更为普遍的另一种方式则是历史更为悠久的毛遂自荐。

"毛遂自荐"是指创作者携带稿件去出版社投稿，随后文稿被刊登在期刊上，该文章的作者便算是出道。进入20世纪80年代以后，日本的期刊类型逐渐丰富起来，创作者的出道机会也就越来越多。1989年，日本角川书店创刊 Sneaker 用来连载少年向的小说，随后转向多样化类型运营。2011年，Sneaker 刊载了一部名为《我的魔剑废话很多》的轻小说，随后出版了四卷单行本，其作者宫泽伊织由此出道。

宫泽伊织虽然顺利出道，但发展不顺利。轻小说并不能发挥其才能，因此已经出道的他开始转而向文学奖投稿。2015年，宫泽伊织以《诸神的步法》斩获了日本科幻文学界的重要奖项"创元SF短篇奖"，转型创作科幻小说。这部《诸神的步法》虽然公开时间晚于出道作，

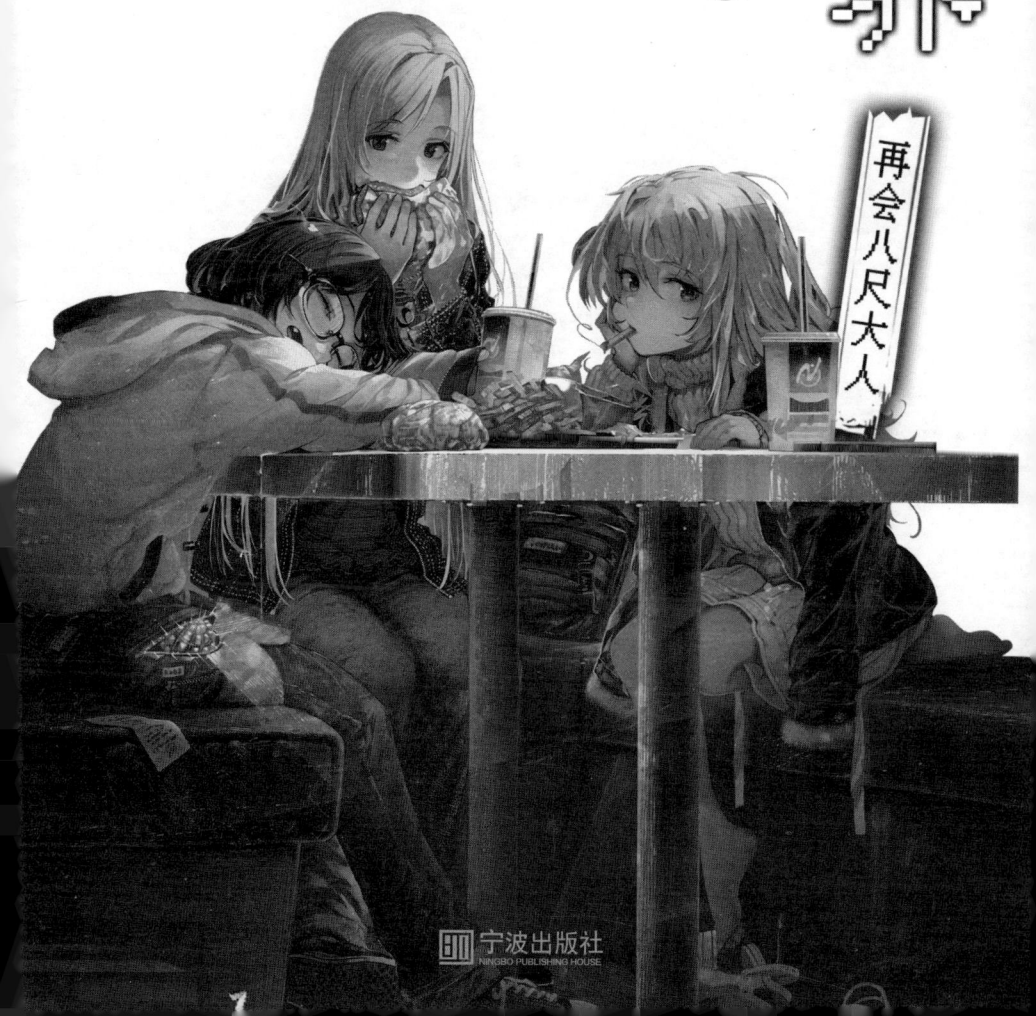

［日］宫泽伊织 著

游凝 译

里世界郊游

⑤

再会八尺大人

宁波出版社

NINGBO PUBLISHING HOUSE

◇ 千本櫻文库 ◇

创作时间却早于《我的魔剑废话很多》。回归本心的宫泽伊织受到日本科幻文学的中流砥柱早川书房的邀请，正式连载科幻小说《里世界郊游》。这部作品吸收了部分轻小说的角色塑造方式，更主要的还是"硬核"的科幻设定与意想不到的剧情设计。怪谈与异世界的结合方式，搭配冒险的主线，为作品增加了几分惊险刺激的阅读体验，天马行空却又符合逻辑的设定往往能够让人深陷其中。这是只属于"宫泽流"的异世界。

千本樱文库编辑部

THE LIGHT RENAISSANCE

轻的文艺复兴

　　轻文艺是介于轻小说与纯文学之间的分类。与轻小说一样，轻文艺较多使用配色浓烈鲜明的背景与人物形象的立绘作为封面。而在内容方面，除了汲取轻小说中"剑与魔法""异能""机械"等常见要素，更加注重构筑世界观，合理搭建人物关系，使其充分服务于剧情发展，因此轻文艺更加具有逻辑性，作品完成度更高，并非只依托于"角色力"。而与纯文学相比，其天马行空的想象力，更受年轻读者喜欢的角色，以及融入流行文化的余味，都充分诠释了"轻"的概念。作为类型文学的重要分支，轻文艺不仅体现着文学的功能性，更将娱乐性发挥得淋漓尽致。

　　说到轻文艺的起源，离不开轻小说的发展。21世纪初，轻小说曾经涌现出大量内容丰富的杰出作品，读者群体涵盖甚广，题材百花齐放，文学性与娱乐性都非常高，当时堪称轻小说的"黄金时代"。但随着动画市场的商业化运作愈发成熟，轻小说逐渐受到形象商务与媒介联动的影响，"萌文化"与"角色力"逐渐占据主导地位，如今轻小说的受众群体范围在逐渐缩小。近年来，轻文艺的涌现也正是适应了读者的需求与时代的改变。

　　轻的文艺复兴旨在再现当初轻小说"黄金时代"的繁荣，遴选当下具有代表性的轻文艺作品，其中既有口碑甚好的名作，也有个性鲜明的新作。宛如文艺复兴运动，将曾经辉煌过的流行文化，推荐给这个时代的读者们。

千本樱　　千本樱文库

contents

目录

Otherside Picnic

Otherside Picnic

Pontianak Hotel（庞蒂纳克酒店）

主题酒店女子会：日本当今年轻女性的一种聚会模式，指在主题酒店举行的宴会或茶会，仅限女性参加。

（例句）"我知道了。那我们回去之后去开一个吧，不是在这种废墟里，去开个真正的主题酒店女子会！"

"那我们就去开吧，去主题酒店开女子会。会吃蜂蜜吐司之类的吧？虽然我也不太清楚。"

1

"——您有过酒后失忆的经验吗？"

听了我的问话，坐在桌子对面的汀扬起眉毛，似乎有些惊讶。

"我已经很多年没醉成那样了……我想想，以前也是有过的。"

"以前是——"

"那时我刚好和纸越小姐您差不多大，或者比您更小一点。"

"……那不是未成年吗？"

"那个时代比较宽容。而且当时我也不在日本。"

说着，汀喝了一口小咖啡杯里盛的咖啡。这是用房间角落里的浓缩咖啡机萃取出来的。我也小心翼翼地尝了尝自己那杯，咖啡苦得吓人。听说会放不少糖我才鼓起勇气挑战，但还是被嘴里的苦涩劝退了。

现在是一月中旬。我独自来到了位于溜池山王站的 DS 研大楼。之前为了让饭能那处"牧场"成为自己的私有财产，我信口开河让 DS 研雇用自己当"牧场"的管理员，没想到对方爽快地答应了。因此我今天是来谈合同明细的。

汀的办公室整洁得就像样板房，放着浓缩咖啡机的角落里还有一个小冰箱和玻璃杯，就像一个小酒吧。

"一般财团法人黑暗科学研究奖励协会"——DS 研的秘书长，汀曜一郎。这位穿着服帖的西装三件套的神秘男子凭借"维持组织运营"的理由薅有钱人羊毛，过着优雅的生活。汀不仅私底下与民营的军事公司有往来，自己也会用枪，精通暴力手段，怎么想都不是个正经人。现在想想，我那五根手指都能数得清的熟人里竟会有此等人物，着实不可思议。

合约内容十分简单，只有三页纸。首先定了管理员的薪酬，如果工作太过危险，薪资也会上调。虽然工资并不高（个人想法），但这本来就是我灵光乍现凭空捏造出来的工作，我也没什么意见。对我来说，保证"牧场"成为"里世界"探险的据点更重要。当然钱不拿白不拿。

看了看合同，我发现"必要经费"一栏没写金额上限。这可是薅羊毛的关键，于是我问道："这里只写着'基于双方意愿决定'，没有具体的上限金额吗？"

"也可以说是'常识范围内的金额'。"

"写得模棱两可的，我有点担心……"说着我抬起头，只见汀正用饶有兴趣的眼神打量着我，"怎么了？"

"那我反问一句，纸越小姐您想是多少呢？"

我被问得哑口无言。实际上我正盘算着用经费的名目补充各种装备呢，但又不能说实话。

"没有……还没有考虑过具体需要多少。"

"经费的范围是可以定下来的，比如一次只能拿几万日元，或者一年只能拿几万日元。但这样一来，您就注定拿不了更多的钱了。"

"意思是让我随便大把大把地用吗？"我没听明白，反问道。

"不，是'基于双方意愿决定'。"

"那个……"

"您打算在那座设施里做些什么，对吧？"汀笑眯眯地说，"又或者应该说是在 UBL（超蓝之境）里做些什么。并且在您行动期间，不希望被我们干涉，不是吗？"

"啊，不……"

"……"

"……你知道了？"

"这个嘛，被那么直接地赶出来，我觉得是个人都会发现的。"

那是我们和汀一行再访"牧场"时发生的事。当时我急于保住建筑内部的"门"，把除了鸟子和自己的所有人都赶走了。当时汀答应得很爽快，我还松了口气，没想到目的早就暴露……

见我尴尬地移开视线，汀说道："请不要误会，我并没有责怪的意思。纸越小姐您既不是我的部下，也并非 DS 研的一员。我没有理由责怪您。"

"呃，那是，没错。"

"我也不想放着'牧场'不管，而且您的确适合担任那里的管理员。所以实际上这是一个宝贵的提议。但……恕我直言，纸越小姐，您并不是会老老实实听从别人吩咐的类型，对吧？"

素来措辞彬彬有礼的汀突然单刀直入的说话方式让我吓了一跳。

"是、是这样的吗？"

"是的。即使签了合同，规定了您必须做的工作，我也不认为您会任凭我们差遣。纸越小姐您本质上就是讨厌被控制的类型。当您表现得十分顺从时，我只会觉得您暗地里在做些可怕的事。"

"呃，不是……没这回事……"

话都说到这份上了，我不由得支吾起来。

这评价是怎么回事？他到底把我当什么人了？

汀面露难以捉摸的笑意，接着说道："DS 研在进行投资时，对于那些无法控制的友军，该如何让他们的行动变得公开透明呢？我思考了很久，最后觉得通过经费范围来掌握是可行的。"

"那个……不敲定经费上限是有什么用意吗？"

"是的，当预算有一个既定范围时，换作是我，就会一直按最高额度申报。"

"……"

"但如果预算没有范围，当纸越小姐您需要申报高额费用时，就必须更加慎重。并且，应该每次都会来找我商量吧，毕竟——"

"要'基于双方意愿决定'。"

"正是如此。"

我眯起眼睛，盯着坐在对面沙发上的男子。迎上我的视线，汀的笑意更深了。

"很不方便吧？"

"……没错。"

我终于明白了他的用意。这是为了牵制我，不让我以经费的名义滥用DS研资金，此外，在进行设施改建等大工程时，DS研也能知道。

所谓不好对付的男人指的就是这种家伙吧。

或许是见我表情非常不满，汀又加上一句。

"我说的可是大实话。"

"是吗？"

"我没有妨碍您的意思，请不必担心。只是——您应该也发现了吧？"

"发现什么？"

"我和纸越小姐一样，就是这么活到现在的。"

嗯……？

这句出人意料的发言让我一时失语。

也就是说，在汀看来，我和他是同类人？

这个手臂上文着密密麻麻的玛雅文字，看着像高智商犯罪分子，精通捞钱和暴力行为的谜之男子和我是同类人？

这，简直就是个……法外狂徒啊。

我正惊愕不已，汀再次看向桌上的合同。

"没问题的话，我们看看下一项吧。"

"啊，好、好的。"

我从震惊中调整心态，检查了合同余下的内容。

文件虽短，但全程看完还是花了一个半小时。或许是因为平时不常做这种事，我此刻感觉疲惫不堪。

把订正了部分措辞的合同复印件递给我后，汀突然像想起了什么，说道："说起来，我本以为今天您二位都会过来，没想到只有一位。仁科小姐不方便吗？"

"啊……这个嘛……"我一时语塞。

"发生了什么吗？"

"我不记得发生过什么。"

"不记得？那听起来有点危险。"

汀皱起眉头，我连忙摇头否认。

"不、不是的，不是什么大事……大概。"

"可是——"

"真的，没事的……"

此刻的我大概一点都不像没事的样子，汀在沙发上坐直了身子说道："方便的话，可以跟我聊聊吗？还是咨询医疗人员更好？"

"不……不是那样的，嗯……"犹豫了一会儿，我终于开口问道，"您有过酒后失忆的经验吗？"

2

"喝酒误事了吗……真没想到，我听说纸越小姐您酒量相当不错。"

"我之前也以为自己酒量不错，但那天好像喝过头了。回过神来已经是早上，感觉特别恶心。"

"噢，所以是因为宿醉而忘记了前一天晚上的事。"

"那就是所谓宿醉吧……"

明明已经是好几天前的事了，回想起来不知为何有点反胃。

"这种情况下，之后还会回想起来吗？"我晃晃脑袋，问道。

"因人而异吧。我的话会忘得一干二净。"

"汀先生您那时感觉如何？"

"我记得自己第一次喝到失忆应该是因为和当地黑帮发生纠纷，不得已拼龙舌兰酒……醒过来的时候发现已经是正午，自己躺在一条阴沟里。完全不记得怎么会变成这样，从得以活命这件事来看，大概是赢了吧。"

"呃，那个，虽说是'宽容的时代'，但这也太离谱了吧？"

"哎呀，当时还是个毛头小子。让您见笑了。"

汀有些尴尬地挠了挠脖子。

虽然不知道他以前干过些什么，但别人随口一问就用这种诡异逸事回答实在太吓人了，希望你不要这样。

"喝得烂醉时，您身边还有其他人吗？问问其他人如何？"

"我问了，但她不告诉我。"

"是仁科小姐吗？"

"呃，是的。"

"噢……"

"大概，虽然是我的猜测，我可能干了什么好事。"

"这是常有的事呢。这样的话，让小樱小姐替您询问，如何？"

"呃，当时小樱也和我们一起喝了。"

"您问过了吗？"

"她也不告诉我。"

"……原来如此。那，问问其他人呢？"

"没用的，我认识的人当时都在场。"

"……原来如此。那，其他几位也？"

"不告诉我。"

"噢。"

"所有人都不告诉我，我当时到底做了什么。"

"那真是……原来如此。"

这家伙从刚才开始就只会说"噢"。

"这段时间去喝酒，是开联欢会或新年聚会吗？"

"是……女子会。"

"什么？"

"是主题酒店女子会。"我掩面叹息。

"噢……原来如此。"

汀顿了一会儿才回应，但这也怪不得他。

那是在新年刚过完——准确来说是一月二日发生的事。我和鸟子在池袋会合后吃了拉面，买了东西，享受着正月慵懒的氛围。

新年第一天开业的服装店里人群熙攘，没有购物打算的我们正逛着，这时鸟子提起了那个可怕的话题。

"对了，什么时候在主题酒店办女子会啊？"

"唔……你还记得啊。"

"怎么可能忘，我可是一直期待着呢。"

在"里世界"的废弃主题酒店里过夜时，我们曾就"世人口中的主题酒店女子会到底是什么"展开过一番争论。因为两人都没去过，我们的讨论没有任何实际意义。说到兴头上，我不小心脱口而出说：

"那不如去开个真正的主题酒店女子会吧！不是在这种废墟里。"

"好呀，去吧。"

"欸？你认真的吗？"

因此，变成了现在这种情况。

真希望她能忘了这件事……那只是话赶话罢了……

"所以，什么时候去？"

"哎——"

"干吗这副表情？"

"嗯——再……再暖和点的时候怎么样？现在很冷啊。"

"冷不冷的有什么关系？又没冷到出不了家门的程度吧。"

"话虽如此——"

"空鱼，不是你自己说要去的嘛？"

"是……"

"……"

"是说过。没错。"

"好。"鸟子满意地点点头，又加了一句，"你会去的吧？"

"唔唔……"

啊啊，真是的。这女的最近也太咄咄逼人了吧。明明去泡温泉时行为举止那么可疑，现在却蹬鼻子上脸……

不，等等。

这家伙不会不知道"主题酒店"这四个字有另外一层含义吧？但鸟子也不知道日本温泉是什么样的，所以也有可能她并不知晓。要确认一下吗？如果真的是这样——

我一边思考，一边瞟了眼鸟子的脸，刚好与她四目相对。

"怎么了？"

不……问不出口。这问题我问不出口，太可怕了。

要是她说自己不知道，我就必须得向她解释，要是她说知道，那我会觉得很尴尬。

咦？那我不是进退两难了？

鸟子站在跟前等着我回答，我的脑子高速运转。

慢着慢着，这可不好，这可不好。主导权都被抢走了。要想突破这一困境——

我深吸了一口气，开口说道："OK，知道了。我们去吧。"

"嗯！"

露出那么高兴的表情……

"什么时候去？今天马上去也可以哦！"

"今天？！不不不，今天不去，必须提前预约吧。"

"这样啊。"

办这种女子会，我记得要先做好计划才能预约——大概。虽然我不太了解。一切都很不确定。

"我来预约吧。"

"真的？那拜托你了。"

"你之后把不方便参加的日期发给我，地点和成员就我来定，可以吗？"

"嗯，空鱼来定就可以——"话到一半，鸟子突然露出了茫然的表情，"成员？这场聚会是，我和空鱼，和……"

"和小樱。"

"为什么——"听我说出小樱的名字，鸟子瞪圆了眼睛。

我没给她反驳的机会，接着说了下去。

"还有茜理和夏妃也喊过来吧，五个人应该就够了。"

"欸？欸？为什么？"鸟子陷入了混乱。

为了避免她对在主题酒店里的女生聚会产生歧义，我继续摆出行家的态度断言道："你问为什么？因为是女子会啊。当然是人越多越好吧。"

"怎——"

"主题酒店的女子会都是会有很多人参加的哦。"

"是、是这样的吗？"

"嗯，对。"

虽然我不了解，这个暂且不论，首先两个人去肯定是可以的。

"你想想，两个人去的话，与其说是女子会，那个……总觉得，不太像嘛。对吧？所以五个人一起愉快地玩耍才比较像女子会……怎么了？干吗露出那种表情？"

我知道鸟子更想要一场只有我们两个人的聚会，但去这种可能会让人产生误会的地方，还是人多一点比较好。

"空鱼，你太狡猾了。"

"什么？"

"……"

"那，不办了？"

"太狡猾了！要办！"

随你说吧。

总之，就这样，我们决定办一场我、鸟子、小樱、茜理和夏妃五人参加的主题酒店女子会。

我省去一些细节，把事情经过概述了一遍，汀有些困惑地说："虽然由我来问不太合适，但，这件事是可以对我说的吗？"

"说实话之前有些犹豫，但我觉得还是应该说出来。"

听我这么说，汀扬起一边眉毛。

"有什么理由吗？"

"如果只是觉得尴尬，或是我出了什么糗倒也还好——"

其实一点也不好。

"我最担心的，是自己这只右眼。"我指向自己的右眼，"也就是说，我可能在喝醉期间，用这只眼睛对其他人做了些什么……"

事情要追溯到几天前——一月十日下午五点。我们在位于新宿站

东口的 **ALTA 大楼**① 前的广场集合。

离约定时间还有几分钟时，我从地下爬上一楼，出了广场。抬起头那一刻，映入眼帘的是站在正前方灌木前用力挥手的濑户茜理。

"学姐！"

"哦、哦。"我吃了一惊，回答时举起的手不由得停顿在半空。

茜理跑过来，语气兴奋地说："今天请多指教了！能得到学姐的邀请，我很高兴！"

"啊，嗯，请多指教……"

尽管不知该指教些什么，我还是点了点头。

茜理穿着连衣裙，套着件卡其色的夹克衫，可爱的打扮无可挑剔。在她身后，市川夏妃慢吞吞地走了过来。她穿着看不出体形的宽松高领毛衣和直筒牛仔裤，中性风格和茜理形成了鲜明的对比。夏妃的睫毛又长又翘，总觉得经过一番精心打扮。

"早。"

"嗯。"

"多指教。"

"嗯。"

被夏妃懒得开口的说话方式影响，我也含糊起来。不过这样反而更轻松。活泼开朗的聊天方式不适合我，令人疲惫……

---

① 建于1980年，日本东京新宿的代表性商业设施，也是最知名的会面地点。

正这么想着，茜理充满干劲地说："学姐你经常去主题酒店吗？"

"我没有！"

这家伙用活泼开朗的语气在问些什么东西啊。

"咦？不好意思，但之前打电话的时候，学姐你好像说自己去过主题酒店，但还是第一次参加女子会……所以我还以为肯定是……"

"没、没有，没有没有！我没去过！"

我有些语塞，但仔细一想这也不是说谎。因为我迄今为止去过的那些主题酒店都是废弃的，起码去正常营业的主题酒店确实是第一次。

"这样啊。我也是第一次进主题酒店，好期待啊！"

"虽然是我叫你们的，但你们答应得还真爽快啊。"

"那毕竟是学姐你的邀请嘛！"

"这样啊……夏妃你也是第一次去主题酒店吗？"

"欸……这是可以问的吗？"

夏妃非常震惊，好像我问了什么傻问题，我有些恼火。

哈？这句话先跟你的同伴说吧。

还没等我把话说出口，茜理就笑眯眯地靠过去挽住了夏妃的胳膊。

"小夏也超级期待的。"

"我才没有。"

"骗人，你之前不就想去了吗？主题酒店。"

"是女子会，主题酒店的女子会。"夏妃尴尬地纠正。

"是吗？为什么？"

"没有，只是单纯觉得可能会很好玩而已。"

"可在学姐约我们之前你一次也没说过嘛。"

"不是……"

"你约我不就行了。"

"不是，那个，总觉得有点……"夏妃支支吾吾地应着，不住地偷瞟我。

不知为何感觉她好像在求救，但我没理由插嘴，于是移开了目光。

这时，在广场来往的人流中出现了一个娇小的身影，正向我们走来。

"啊，小樱小姐。"

"哟。"

小樱穿着白色的长大衣和灰色紧身裤，还有一双高跟短靴。披肩在脖子上绕了好几圈，把半张脸都遮住了。她皱着眉头四下环顾，看上去很不高兴，这个人一直都这样。

"人真多。"

"确实。"

我平时也会避开人群，几乎不会来人这么多的地方。说到出新宿站东口在哪里见面，ALTA大楼前的广场似乎是必选之地，所以就选了这里，但回头想想还不如定在纪伊国屋书店一楼。这里旁边都是些打扮抢眼的人……和我这种阴暗人设的气场真是太不协调了。

"小樱小姐！好久不见了！"

"哦，小濑户，看起来很精神嘛。"

"是的！啊，你们是初次见面吧，她是我之前说过的朋友——"

"是叫市川吧。我们之前见过面。"

"欸？小夏，你们什么时候——"

"就是学姐那辆车，我之前把它寄存在小樱小姐那里了。"

"啊——所以才——"

"是的，虽然今天是第一次好好说上话。"

"茜理承蒙照顾了，今天请多指教。"

"总觉得有点怪怪的。算了，请多指教吧。"

"了解。"

明明不熟，小樱和茜理二人竟十分顺畅地聊了起来，这让我很惊讶。咦？

我感到一丝微妙的心虚，试图加入她们的对话。

"小樱小姐，你为什么愿意过来？"

"啊？不是小空鱼你约我的吗？"

"不，呃，非常感谢，是的。"

"要赶我回去吗？嗯？"

"不、不是这样的，我还以为你不愿意参加女子会，没想到这么干脆就来了，有点意外。"

"因为我从正月开始就一个人闲着没事干啊。在家里烤年糕也烤腻了。"

"啊，这样啊……那就好。"

"你可要感谢我。然后呢？全员到齐了？"

"鸟子还没来。"

"她不是来了吗？"

"欸？呜哇！"

我回过头，鸟子就站在身后，吓得我大叫一声。她是什么时候来的？！

鸟子无视呆愣的我，笑着对其他三人说："新年快乐。"

"啊，对了。新年快乐！"

"新年快乐。"

"快乐。"

三人各自打了招呼。

"那我们走吧，干事小姐。"

"啊……好的。走这边……"

我重新打起精神，迈开步子给她们带路。鸟子虽然走在我旁边，却不看向我。今天的鸟子全身上下都是黑的。黑色的厚重毛线衫和紧身裤，毛线衫下摆露出的白色衬衫十分亮眼，很时尚。

我们从ALTA大楼广场走到马路对面，向歌舞伎町方向前进。人潮拥挤，我借着被推到鸟子身旁的机会小声询问："你是不是生气了？"

鸟子终于看向了我，或者说，瞪了我一眼。

"后来我查过了。"

"什么？"

"女子会服务。"

"然后呢？"

"两个人也可以预约不是吗？！"

"啊……"

我一时语塞，鸟子用愤慨的语气接着说道："不管是哪里的酒店，接待两个人都绰绰有余啊！"

"那、那真是没想到。"

"你早就知道吧，空鱼。"

"不，我不知道。"

"骗子。"

"没骗你。和你说的时候我是真的不知道。"

"……"

"真的。是真的啦。"

"可是，你也知道两个人也不是一定去不了吧？"

"都说了我不知道。"

鸟子斜眼瞪了我好一会儿，哼了一声转过头去。

"行吧，知道了。就当作你当时不知道。"

"都说是真的了……"

"欠我的总有一天要让你还上。"

鸟子用可怕的宣言打断了我的辩白。

负责带路的我也是第一次来到歌舞伎町。因为是通过游戏和动画知道这个地方的，我曾半信半疑地以为附近说不定会有拿着枪的坏人在晃荡。

真的来了之后，发现并没有。到处都是提供特殊服务和风俗店的招牌，虽然也能看到貌似不良少年的人，但还是普通人更多。也有许多和我们同龄的学生团体。和往常一样偷偷带着枪的我和鸟子，也没有立场对这条街的治安指指点点吧。

或许是因为五名年轻女子走在一起的缘故，我们被路上的搭讪男和推销员目不转睛地盯着，令人不爽。本来鸟子的美貌在人多的地方就很显眼了。那些家伙靠近试图搭话时，却又都中途改变了想法离开了。一开始我没明白为什么，观察了好几次之后才发现，是因为有小樱在。大概是怕搭讪未成年惹来麻烦吧。

有了小樱护体，我们得以顺利地来到歌舞伎町靠里的地方。这里有巨大的牛郎店看板、在熙攘人群中缓慢穿行的高级轿车、从未见过的豪华礼服专卖店等，令人眼花缭乱。走着走着，就来到了酒店街。虽然行人数量骤减，但路边的每栋建筑都装饰着华丽的彩灯，路上灯火通明。

鸟子带着令人捉摸不透的神情望着经过的酒店。小樱平时不会来这种地方，看上去也觉得新奇。茜理和夏妃两人指着四下的酒店哇哇大叫着："有岩盘浴①！还带早餐！"刚要进酒店的情侣都露出了尴尬的表情，希望她们快住手别指了。

我们要去的主题酒店位于酒店街边缘，是一家面朝马路的大酒店。外部装潢用的是精致的大理石（也可能是做成大理石模样的装饰板），聚光灯烘托出高级的氛围。建筑周围绿植环绕，摆放着有异国风情的雕塑和花坛，还有南洋风装饰。

"这里真的是主题酒店吗？"鸟子惊讶地喃喃自语。

"总感觉好像主题乐园一样。"

她的语气已经恢复正常，我松了口气答道。

订房时我已经查过酒店信息，所以不至于惊讶，但亲眼见到还是很有冲击力的。为了不让外面的人看到里面，入口处设置了一堵墙，这一点勉强可以说是有点主题酒店的味儿，但就连这堵墙也装饰着绿色的爬山虎和各色鲜花，十分华丽。

"那、那……我们走吧。"

"OK."

带着莫名的紧张，我从入口走了进去。过道又窄又暗，我的肩膀和身旁的鸟子紧挨在一起。

哦——原来如此——这样一来，情侣们之间的距离就会自然而然地拉近了吧。

---

① 让入浴者睡在加热过的天然矿石板上进行疗养的一种方式。

我盯着脚下往前走，事不关己地在心中感慨。

穿过过道尽头的自动门，空间一下子变得开阔起来。

"欸——好厉害！"

"哇，这也太豪华了。"

茜理和夏妃在后面大叫。

大厅里铺着深色地板，四处摆放着沙发和靠垫，还有一人高的观叶植物和颜色鲜艳的盆栽。间接照明和聚光灯投射着柔光，慵懒的甘美兰音乐[1]里还夹杂着流水声与鸟鸣。空气里萦绕着仿若外国线香般的味道。

并且——

"真的假的，现在主题酒店已经变成这样了？！"

小樱发出了愕然的感叹，这也怪不得她，我们面前的酒店大堂人潮汹涌，而且还都是一群群女客人。或许是因为来参加女子会，不少人都穿着名牌。也有女生带着大包，拖着行李箱。小集团摩肩接踵，各自聊得很愉快。前台附近的人最多，看来要排队才能办理入住手续了。我之前一直理所当然地以为，主题酒店的前台接待也都会躲在隔板后面，看不见脸，但这里的接待和普通酒店无异，都是些制服穿戴整齐的男女服务员。似乎也没人介意这一点。

"最近真的好流行在主题酒店开女子会啊……"

---

[1]　印度尼西亚的一种民族音乐形式，以木琴、大吊锣等乐器演奏为主。

"是我太小看女子会了。看来偶尔也还是要出门看看啊。"

我和小樱惊讶不已，一旁的鸟子也瞪大了眼睛四下打量。

"这里真的是主题酒店吗？"鸟子发出了和刚才一模一样的疑问。

"没错，就是这里。"

"和我想的完全不一样……这是度假村吧，有这么多人……"

"你看，我就说不会是那种氛围吧？"

我一时得意忘形脱口而出，这时鸟子说道："那种氛围？"

"……"

"什么氛围？"

"……"

"空鱼？"

"啊，前台没人了！我去办入住。"

我连忙想逃离现场，鸟子没说话，啪地打了一下我的手臂。

见我有动作，大家都跟了过来，结果我们五个一起在前台办了入住。和平时去居酒屋一样，小樱还没等对方说话就掏出了驾驶证证明自己是个成年人。虽然认识这么久我已经看惯了，但的确在陌生人看来，我们就像是要把十三四岁的小女孩带进酒店的坏姐姐一样……

其他手续都顺利办完，我们拿到了房间钥匙。去房间前还在大堂里逛了逛。这里有摆满了洗发水的架子、免费的洗漱包、装着甜点和酒类的冰箱、红酒畅饮桶、咖啡机……我们各自拿了需要和可能需要的东西后，终于坐上了电梯。

来到顶层，走过铺有焦褐色地毯的走廊，打开房门。

"哇——"

"咦——"

"噢，原来是这样的房间。"

"好强！"

"好大。"

走进门，从我们五人口中传出各异的感叹。根据女子会计划，我预约的大概是这家酒店里最大的总统套房，所以五个人进来也丝毫不觉得逼仄。

房间整体呈大地色调，进门后最先映入眼帘的是里面并排放着的两张带帷幔的双人床。纯白的被子上撒着扶桑花花瓣。

墙边摆着两张黑色的皮革按摩椅。我们跟前放着"L"形的沙发和木桌，桌子上是一个银色冰桶，里面还插着红酒瓶。墙边的架子上摆有迷你小冰箱和微波炉，上方是一个用竹框装饰着的大型壁挂电视。电视里正在播放巴厘岛沙滩的录像，反反复复的涛声伴着背景里的甘美兰音乐轻声回荡。

"快看，是桑拿！"

茜理打开入口侧边的门说道。门的另一边是盥洗室，盥洗台上整齐摆放着洗面奶、化妆水、面膜等洗漱护肤用品，而盥洗台背后是一间干桑拿房，可容纳两人进入。

"真的假的？好棒——"

夏妃站在茜理背后探头往里看。就连这个素来板着脸的不良少女，进了酒店后也是一副目瞪口呆的神情。

"我们过会儿来蒸桑拿吧，小夏。"

"嗯。"

……这两人关系可真好。

鸟子走到房间靠里的地方，推开了浴室门。浴缸用黑色石块砌成，呈偏圆的心形，或者说桃子形。也是正好够两个人泡澡的尺寸。

我预定的女子会服务最多可供六人享受，但不管是外面的按摩椅还是这间桑拿房，大多是双人使用，不愧是主题酒店……我正想着，只见鸟子回过头来，双眼闪闪发光。

"我们过会儿也一起来泡吧！"

"唔……如、如果想泡再说吧。"

我支支吾吾地回答，被鸟子眯起眼睛睨了一眼，赶紧移开视线。

你想干吗啊……那个光是和别人一起泡温泉就吓得发抖的鸟子到底去哪儿了……

自圣诞夜以来，鸟子好像对我越发的依赖，真奇怪。

不，我懂，我也没那么傻。

我知道，失去了家人和朋友的鸟子，渐渐把我当成了最重要的人。

虽然明白了这一点，但自己的心情有没有跟上又是另外一个问题了。毕竟我一直孤身一人，并不知道该如何回应别人热烈的感情。

上次去泡温泉的时候，我和鸟子两人都在打退堂鼓。但现在打退堂鼓的只有我了。

虽然明白这一点……

"只有厕所平平无奇啊。"小樱探头望着厕所笑道。

的确，在每个角落都充满巴厘岛风情的房间里，只有这个带卫洗丽马桶的厕所还残留着一丝日常的氛围。

"探险"结束后，我们回到了卧室，各自放下包，把外套挂进衣柜，坐在床沿和沙发上小憩片刻。

"然后呢？一般这种聚会会干什么？"小樱问。

我怎么知道。我无所事事地环视四周，看到了桌子上的冰桶和玻璃杯。

"总之，先来干杯吧。"

"啊，学姐，我来倒！"

茜理站起身，拔出起泡葡萄酒的软木塞。砰！木塞应声而起，她将红酒倒进高脚杯中。

我们五人围在桌边，端起酒杯。见众人都盯着我，我有些慌张地开口。

"呃，那……干杯！"

"干杯！"四人齐声应道。

我也把杯子凑到嘴边。葡萄酒经过冰镇，口感清甜。一口气喝完后，我才意识到自己之前一直是口干舌燥的状态。

"这种时候你倒是说点高情商的祝酒词好吗？"小樱抱怨道。

但我当时既没有这种想法，也没有这份闲情逸致。

尽管我内心纠结不已，这场说走就走的主题酒店女子会终于还是开始了——

4

"嗯——看起来，你的眼睛没什么变化呢。"光头医生说。

这里是 DS 研的医疗设施，白色的灯光照亮了墙上的小黑板，上面贴着我那只蓝色眼睛的特写。

在汀的房间和他说完话后，机会难得，我也拜托 DS 研的医生帮忙检查了一下右眼。自上次被露娜邪教绑架后检查有无药物导致的后遗症以来，这还是我第一次做体检。检查期间，为了让自己的注意力不要放在医生身上，我也费了好一番力气。毕竟这只眼睛会让人发狂。这么一想，我现在做的事无异于让医生一边盯着枪口一边做枪支养护，总觉得很对不起他。

好在右眼的照片似乎并不会让人发疯。医生看了一会儿照片，又转向我。

"你说你喝醉了，丧失了记忆？"

"是的。"

"你担心自己在那期间闯了什么祸，是吗？"

"是的……"

"你有什么头绪吗？在失去记忆的这段时间里自己做了些什么。"跟着我们到问诊室里来的汀站在后面开口说道。

"嗯……要说的话，最有可能的就是在喝得烂醉如泥的情况下，不小心用右眼把别人看发狂了吧。"

虽然我很不愿意朝这个方向想，但这一可能性是最高的。总觉得发生了什么令人极为尴尬的事。要不是这样，大家也不会都瞒着我了。

"迄今为止从未发生过类似事件，如果右眼的影响没有恶化迹象的话——"

"单说肉体方面的变异，和上次诊断时没什么区别。"

"那就是……酒精的影响吗？"

"虽然也不能这么断言，不过您当时的状态就像是拿着把上膛手枪的醉汉，的确相当危险。"

"对……对吧？"

附和间，我突然想起自己好几次酒后拿着枪乱挥的经历，说到最后语气不由得心虚起来。

"您平时的酒量如何？近来变大了吗？每天都喝酒吗？"

"完全不，一个人的时候我不喝酒。"

"有长期服用药物的习惯吗？"

"没有，我还挺皮实的。"

"现在请您做个尿检方便吗？"

"欸？我倒是没问题啦……"

医生越过我，和汀四目相对。

"怎么了？"

"除了右眼，一切都很健康。"

"噢。"

啊，原来如此。他刚才在怀疑我可能受到药物的影响。

"毕竟人类失去理性的原因有很多，除了酒精和药物这种显而易见的诱因，因为突如其来的暴力或灾害陷入恐慌，或被卷入群体性的狂热中时也会失去控制。还有性方面的刺激、宗教带来的兴奋、音乐或舞蹈导致的 Trance 状态①……"

医生掰着手指头一边数，一边用探寻的眼神看向我。

"如果只是喝多了，那只要掌握好自己的酒量，适度饮酒即可。但也可能同时受到了其他因素影响——你真的不记得当时发生了什么吗？"

我伸手扶额，紧闭双眼，集中精神回忆着。

"到中途为止我还记得的……到中途为止……"

不可能全忘。毫无疑问，直到某个时间点为止还是有记忆的。

没错，女子会刚开始时，我们呼叫了客房服务——

① 指陷入某种恍惚、出神、迷幻的状态。亦有同名音乐风格。

5

"空鱼，点个蜂蜜吐司吧，蜂蜜吐司！"

"那可是有足足一斤啊，你不会不知道吧？"

"我们有五个人，能吃完的啦。"

"你这家伙倒是自己也多吃点啊，别把我算进战力里。"

蜂蜜吐司似乎是这家酒店的人气小吃，将整整一斤的吐司烤好后在上面摞上冰激凌和巧克力酱制成，可以说是"热量炸弹"。

"为什么酒店装潢明明这么巴厘岛风格，特色小吃却是蜂蜜吐司呢？"

我漫不经心地问了一句，鸟子立即答道："不是玩的'在巴厘岛吃蜂蜜吐司'的梗 ① 吗？"

"欸，是这样吗？是冷笑话？"

"不可能吧。"

"还要点些其他的吗？学姐，酒也喝完了吧。"

"啊——是哦，大家如果有什么想点的就说吧。"

我们在两张床上坐下，五个人凑在一起挑选菜单上的食物和酒水。

"说起来好像菜单上也不全是巴厘岛风情饮品，还有芋烧酒呢。"

---

① 日文中"巴厘岛"（Balitou）和"蜂蜜吐司"（hanitou）发音相似。

"还有什么烤牛肉佐温泉蛋，这可不算是当地特色吧。"

"啊，我想吃这个。"

"这不是居酒屋里的菜吗，茜理你真的要点？"

"欸，不行吗？"

"没有……就是觉得好不容易来一趟，要不点些更有气氛的菜？"

"噢——市川是那种讲究气氛的类型啊，真不错。"

"呃，有哪里不对吗？"

"有正常的感性思考是件好事。我放心了。"

"小樱小姐，你没事吧？累了？"

客房服务似乎是用电视遥控器来下单。想要让五个人意见达成一致基本上是不可能的，我很快放弃挣扎，只要听见有谁说"我想吃这个""我想喝那个"，就机械地按下按钮。

"吃的就差不多点这些？那甜品……"

鸟子正说着，我终于忍不住抬手制止了她。

"都点了蜂蜜吐司了，还要点其他甜食吗？"

"不用点那么多吧，桌子都放不下了。"

"欸——知道了，那就之后再点吧。"

鸟子一脸不满地放弃了。

"其他人呢？不点了吧？那我下单啦。"

按下"确认"键后，我把遥控器放到一边。

"点了不少东西，可能会花一大笔钱哦。"

"上菜之前我们要做什么？"

"呃……不知道。"我不由得说了实话。

毕竟我对女子会这种活动到底该做些什么一无所知，光是把人员凑齐就已经费尽气力，只想着有酒和下酒菜，再稍微炒热下气氛应该就能混过去了。

正当我惊慌失措之际，身旁的茜理举起手说："啊，那趁这会儿我想问一下，大家什么时候去泡澡啊？"

"'什么时候'是指？"

"我们要在这里住一晚，所以肯定得挑个时间洗澡吧。但大浴场并没有那么大不是吗？"

"嗯，一次最多只能进两个人。"鸟子见缝插针地补了一句后继续说，"茜理要和夏妃一起泡，对吧？"

"可以吗？"

"嗯，我和空鱼一起就好。"鸟子毫不犹豫、理所当然地说道。

这、这家伙……

"你们几个关系可真好。"

小樱无语地说着下了床，光着脚走到按摩椅旁边坐了下来。

"不、不介意的话，小樱小姐也——"

"我早上再去吧，我想自己一个人悠闲地泡澡，不被任何人打扰。"小樱斩钉截铁地说。她按下按摩椅的电源，一边享受着按摩一边继续说道，"你们要是想去泡澡或者蒸桑拿的话，可不要烂醉如泥地去，弄不好可是会死的。"

"啊，鸟子，我刚才喝了红酒……"

"也没喝多少，稍微醒会儿酒就没事了。"

"唔、唔……"

"泡完澡再痛快地喝一场吧。"

"这个倒是可以啦。"

"小空鱼，帮我拿一下遥控器。"

"啊，好！"

我把电视遥控器递给随着按摩椅的动作缓缓震动的小樱，她打开屏幕上的菜单栏，切换着频道。

"电视也开着吧？这里还有电影，你们有什么想看的吗？"

"噢——还有成人电影呢。"鸟子有些震惊地说道。

"那肯定啊，这里可是主题酒店。"

"你想看吗？仁科学姐。"

"嗯——算了吧。"

"市川有什么想看的吗？"

"那个，最开始播的那一部，叫什么来着？"

"哦哦，那个屏保一样的东西？"

"啊——没错，我还蛮喜欢那个的。不能放吗？"

"真的放那个吗？我倒是无所谓。算了，那就这样吧，氛围第一。"

于是，画面又回到了默认的巴厘岛风光视频。波浪声……竹琴的音色……蛙鸣……谢谢你夏妃，我心中涌起一股莫名的感激之情。

"大家都在一楼拿了什么？我拿了一整套浴盐。"

"你打算泡几次澡啊？"

"你看，上面写着'混搭试试吧'。"

"把所有种类的浴盐混起来不就是平均水平吗？"

"浴盐的平均水平是啥水平？"

"空鱼呢？"

"我……最后只拿了水果干。"

见我举起一直握在手里，像糖果一样的独立小包装果干，鸟子扑哧一声笑了。

"你饿了？"

"我想补充点糖分。"

"理解，我也拿了布丁过来。"

"不不不，你这看起来可比我饿多了……"

"酒店大堂好棒啊，除了洗漱用品，就连红酒、汤和梅干什么的都是免费的。"

"还写着附带 SPA 呢。"

"啊——有点想去。明天走之前去一趟吧？"

"大堂人那么多，提前预约比较好哦。"

"要是能更安静点我都想住在这里了。面积又大，还什么都有。"

"小樱小姐家不是更大吗？干脆重新装修一下，改成巴厘岛风情算了。"

"笨蛋，那怎么可能？"

有一搭没一搭地聊着，我也逐渐放松下来。没错，冷静下来想想，这里可是有五个人，在这种情况下也不会感到尴尬吧。我本来就是为此才特意喊来这么多人的。不过是泡个澡，又不是第一次了，嗯，没错，不过是泡个澡而已，我要振作一点！

正当我给自己鼓劲时，叮咚——门铃响了。

"啊，来了。好快啊。"茜理站起身，小跑向门口，"来了——"

"久等了，客房服务。"

"马上来——"

从门口传来茜理和服务员的交谈声。

"空鱼。"鸟子注意到我状态不对，开口叫道，"你没事吧？"

"……嗯。"

我长长吐出一口气。在主题酒店的客房里听到门铃响起——这个情景不禁让我想起了在废墟里发生的种种。鸟子体贴地伸手要扶我，我摇摇头示意自己没事。

"打扰了——"

一名女服务员推着闪闪发光的银色餐车进了房间。当然，不是"红色的人"。是非常正常的人类。

"非常抱歉，因为几位点的菜品有些多，我们会分次送来。"

"啊，没事，没关系的。"

服务员将我们点的菜品依次摆放在桌子上，首先是烤牛肉、生火腿、芝士和烟熏三文鱼刺身。应该是先上了不用花时间烹饪的菜肴。之后是不知道谁点的鸡尾酒和印尼瓶装啤酒，玻璃杯和啤酒瓶齐刷刷排列着，最后是整整一斤的蜂蜜吐司。

"房间里配有冰箱和微波炉，请慢用。各位用餐完毕后，我们会再来撤下盘子的。"

服务员出了房间，关上门。

我们低头望着桌上庞然大物般的蜂蜜吐司，一瞬间陷入了沉默。

"总之……开吃吧。"

"趁热吃肯定更好吃。"

不知为何，我们都不再多话，围在沙发旁开始挑战这个"热量炸弹"。

6

毕竟有五个人，并没有像我担心的那样吃撑，但作为酒会的前菜而言，蜂蜜吐司实在是太多也太甜了。幸好我是空着肚子来的。小樱就如她一开始宣布的那样，并没有吃多少，她那份都由我和茜理两人努力承包了。夏妃的食量也并没有那么大。

"呼——鸟子，你有好好吃完你的那份吗？"

"吃了吃了。很好吃。"

"真的假的？"

"一副若无其事的样子呢。"

"我记得这家伙一直在吃吐司上面的冰激凌啊。"

"果然没有在好好吃！"

"哎呀哎呀，算了嘛。大家的酒都喝完了吧。再来干杯一次吧！"

"这杯放了橙子的，是黑加仑鸡尾酒吗？谁点的？"

"这是我的，给我。"

"其他人点的都是啤酒，对吧？"

"鸟子是哪一杯？"

"好像是叫什么 Bintang[①] 的。"

"我也点了一样的。"

"那，学姐和我点的就是这边的了。"

"嗯，那我打开了哦。"

点了啤酒的人都拔出瓶塞，我们再次干杯。玻璃杯和啤酒瓶相碰，发出清脆的声音。我们各自拿盘子取了食物，在沙发、床和按摩椅上坐了下来。我坐在沙发上，身旁就是鸟子。"第一次喝印尼啤酒，感觉如何？""正月做了些什么？""去哪里参加初卖[②]了吗？"不咸不淡地聊了一会儿之后，夏妃像是突然想起了什么。

---

① 印度尼西亚最畅销的啤酒之一。

② 来源日语词汇"初売り（はつうり）"，指新年伊始，店铺第一次营业。不少店铺会借此机会举行促销活动或销售福袋等。

"说起来，纸越学姐，为什么邀请了我们呢？"

"呃，嗯，就顺势……"

"顺的是什么样的势啊？"

"之前茜理不是让我在她家住过吗，算是表达感谢吧。"

"啊——那一次最后怎么样了？只住了一个晚上而已，没事吧？"

还不是因为你明显不欢迎，我才只住了一个晚上！

"没事，已经解决了。"

"这样啊。"

正说着，茜理忍不住插了进来。

"那个，学姐，最近那个……'那边'怎么样了？"

"唔……"不知为何，夏妃噎住了。

"你……你突然说什么呢。"

"欸？为什么这么说？"

"不是……你真的要问那种事？"

"因为我不想错过这个好机会嘛。"

我马上就意识到她说的"那边"指的是什么。茜理一直误会我和鸟子是灵异现象方面的"专家"，在参与一些不可思议之事，所以只要有机会就想问出点什么。

以往面对茜理的询问，我总是随便搪塞过去。因为"里世界"是我和鸟子两人独享的地方。虽然茜理和夏妃都是被卷入"猫咪忍者"和"猿拔女"这些"里世界"事件的当事人，但关于中间领域的更深处还有另一番天地这件事，我从未想过告诉她们。

"嗯，偶尔有在做啦。"我一边吃着生火腿，一边含糊其词地回答。

"在那之后有什么进展吗？"

"进展？"

"能跟我说说吗？我太想听一次学姐你那方面的经历啦。你和鸟子小姐两人平时都在做什么啊？"

不知为何，夏妃看看茜理又看看我，一副坐立不安的样子。

"在那之后……从你家出来的第二天晚上，我去了小樱小姐家里。"

"喂，你可不要说些奇怪的事！"小樱警惕地插了一句。

哦对，不能在小樱面前说恐怖话题。好难。

我仔细斟酌着挑选不会吓到小樱的用词，继续往下说："我和小樱小姐睡着的时候，鸟子来了……"

"欸？！"

夏妃瞪大了眼睛。这家伙怎么回事，好吵。

"然后我就带鸟子回了我家。然后，呃……和隔壁屋有了点矛盾，然后就解决了……"

"学姐你说的矛盾，就是你来我家住的原因，对吧？发生了什么呢？"

茜理听得津津有味，小樱则用"要是敢细说就杀了你"的眼神瞪着我，我夹在两人中间进退两难。

"类似噪音问题吧。"

"是说隔壁屋里传来可疑的声音之类的吗？"

"啊——差不多吧。毕竟那边墙壁很薄。"

"欸，那学姐家的声音对方也能听得见吗？"

"非要说的话，确实。"

"啊……原来如此。"

夏妃带着介于释怀和惊诧之间的神情喃喃道。这家伙怎么回事？她在恍然大悟些什么？

"之后发生了什么呢？"

"我们去了温泉哦。"这次是鸟子回答。

"温泉！真好啊。是哪里的温泉？"

"秩父。"

"两人一起？"

"不，是三人一起。对吧，小樱？"

"是她们俩说两个人太冷清了，硬把我叫过去的。明明我都强烈拒绝了……小濑户和市川你们也要小心点，会被这两个人卷进去的。"

"小樱你当时不是也挺开心的嘛？"

"从结果上来说的话。"

"啊……呃……是这种感觉啊……"

夏妃目瞪口呆地自言自语，这家伙从刚才开始就一直这样。

"还有吗？还发生了什么其他事情吗？"

"其他的啊……"

茜理穷追不舍，我正想着怎么回答她，鸟子干脆地说道："平安夜我和空鱼一起去了主题酒店。"

我嘴里的啤酒喷了出来。

"鸟……鸟子！"

"怎么了？这不是事实吗？"鸟子挑衅般回视着我。

茜理和夏妃瞪圆了眼睛。

"你们俩去那种地方做什么吗？"

就连小樱都惊呆了，我连忙摇头。

"不！不是的！是废弃的，废弃的主题酒店！"

"平安夜，去了废弃的主题酒店？"

"对、对的、对的。我不是以前就喜欢去废墟探险吗？"

"然后你们在那里住下了？"

"嗯……嗯。"

"真的假的……"夏妃用看疯子的眼神看着我，"这不就是非法入室吗？"

"后、后来呢？发生了什么奇怪的事吗？"

"嗯……确实……"

"小濑户，别问了。小空鱼你也别说了。我什么都不想听。"

小樱语气强硬地重申，于是我闭上了嘴。

"不、不好意思，我没想问这个的，啊哈哈。"

茜理发出有些困惑的笑声，房间里陷入了微妙的沉默。

我受不了这氛围，仰头将小瓶里的啤酒一饮而尽。

"小樱小姐，请把遥控器递给我一下。我要加单。"

"哦……给。"

"谢谢。"

看着接过遥控器，开始专心点单的我，鸟子有些担心地说："喂，空鱼，喝太多可是不能泡澡的哦。"

"嗯？等酒醒了再泡不就行了？"我"嘿嘿"笑着回答道。

"啊，那、那我们先去泡，可以吗？再喝下去我可能要先醉了。"茜理说。

我连连点头。去呀，爱去哪儿去哪儿。

"那，小夏我们走吧。"

"嗯……总觉得有点出汗了。"

"慢走——"

茜理和夏妃站起身，我挥手目送她们俩离开。

在那之后的记忆就变得有些奇怪。

客房服务员又来了一次，送来了加单点的酒和第二波菜肴。咖喱、花生风味鸡肉沙嗲、韩式海鲜煎饼、炸物拼盘、印尼风味炒饭……大概点了这些。因为房间里有冰箱，林林总总又点了不少瓶啤酒。我怀着一醉方休的心情一杯接一杯地喝着啤酒。因为这样一来就有借口不去泡澡了。

"那两个人知道多少？"小樱说。

她已经从椅子挪到了床上。一个人占了半边床，相当奢侈。

从浴室里传来水声，伴着嬉戏玩闹的笑声。

"关于'里世界'的事我什么都没说。"

"对市川也是？"

"那女孩知道的应该比茜理更少。她可能认为我只是个莫名其妙的通灵女罢了。"

"这不是基本说对了吗？"

"那两个人关系可真好啊！"鸟子歪着头疑惑地说。

"她们是从小就相识吧？我之前念的是女校，像这种从小就黏在一起的二人组还蛮常见的。"

"真的？她们看起来好亲密啊。"

我紧紧抱住抱枕，在小樱和鸟子说话时一个劲儿地往嘴里灌酒。

"朋友之间的关系亲密和恋人之间的交往还是不一样的。我赌她们没交往。就像你们俩也没交往一样，八九不离十。"

"我们？为什么这么想？"

小樱对鸟子的询问嗤之以鼻，用手里的啤酒瓶向我一指。

"看看小空鱼那副尴尬的模样就知道了。"

"你们在说什么呢……"

我对她们俩的对话有些无言以对。

鸟子本身就大大咧咧，可能是因为曾经在国外生活的经历，她总会冒出一些令人误会的话语，我已经渐渐习惯了，可要是身边的人会用莫名的眼光看我，也太过尴尬了。

一旦涉及我和鸟子之间的情感问题，总觉得自己就像突然被逼进了某个角落里动弹不得。鸟子对我的情谊超过了朋友之情，她似乎把我当成了家人。如果换作一般人，一定会很开心吧，毕竟有这么一个对自己掏心掏肺的好朋友。可是我害怕家人，对于家人间的这种情感不知该如何回应，我没办法像鸟子那样完全打开自己的心扉。

无所谓了。都别管我，随便聊些无关痛痒的成人话题算了。我对什么都没兴趣。

哼。

我负气大口喝着啤酒，脑中的思绪逐渐变得模糊。

鸟子正委婉地向小樱说明平安夜探险发生的事，我心不在焉地听了一会儿。鸟子把"件"① 和"红色的人"都略过了，听起来就像是去玩了一趟一样。实际上可能也是。虽然在途中遭遇了可怕的事，但本来我只是想和鸟子两个人去探险罢了……

我想用筷子夹起一块炸鸡，但失败了，索性直接用手拿着炸鸡吃起来。鸟子转向我，有些担心地说："我说，空鱼，除了酒也喝点别的吧？"

---

① 《里世界郊游④：里世界夜行》中出现的长着人脸的牛。

"嗯？没事没事。"

"你的脸好红啊。"

"都说没事了。It's ok．"

"Definitely you are not ok．"

"啥？别说这么难的啦。"

"真是的。来，把遥控器给我。"

鸟子啪嗒啪嗒按着遥控器给我点饮料，我呆呆地望着她雪白的手指。这时，从浴场的方向传来开门的声音，茜理大声喊道："刚才有谁进来了？"

"没人进去过啊？"鸟子大喊着回答。

"咦？知道了，不好意思——"

茜理应了一声，关上了门。

"怎么了？"小樱警惕地问。

什么都不知道的我只有摇头作答。

电视里播放的影像不知不觉间从海滨风光变成了一座夜幕里的寺院。一群半裸着上身的男人舞动着身体，以独特的韵律进行着轮唱，无数蜡烛的火光将他们的身躯映得通红。是某种卡恰舞^①吗？记得在哪里听过，这是一种模拟蛙声的乐曲。一旦产生了这种想法，突然就觉得他们的歌声听起来像是蛙鸣了，真是不可思议。

---

① 来源Kecak dance，一种巴厘岛的印度舞蹈，主要由男性表演。

过了一会儿，浑身热气腾腾的茜理和夏妃裹着浴巾出现了。

"呼——太舒服了。"

"要喝啤酒吗？我们又点了一些。"

"哇——泡完澡就有啤酒喝，太棒啦！"

"最近的年轻人都习惯喝啤酒了呢。我进大学才开始喝啤酒，那会儿可不觉得好喝。"

"我平时会点柠檬莎娃 ① 的，但难得在这里能喝到海外的啤酒。小夏也和我喝一样的可以吗？"

"嗯……"

"你们刚才在喊什么？"鸟子问。

"我总觉得在泡澡的时候，有人站在门边看着我们。"茜理接过啤酒喝了一口后答道。

"欸？我们三个一直都在房间里啊。"

"也是。身高也不一样，应该是我的错觉吧。"

"……身高？"

"感觉看我们的那个人都快高过门框了，头发漆黑，脸很苍白的样子。"

"慢……慢着，你在说什么？！"小樱从床上弹起来。

"不，应该是我的错觉吧。感觉一瞬间好像看到了那种经常在灵异故事里出现的白衣长发女幽灵，现在想想也未免太老套了……"

_____

① Lemon sour，鸡尾酒的一种，在威士忌或烧酒等酒中兑入柠檬汁制成。

"管你老不老套，很恐怖好吗！别说这种恶心的事情了。"

"对、对不起。是我看错了，看错了！小夏什么也没看到，对吧？"

"嗯……看是没看到。"

"为什么要用那种意味深长的说法？很恐怖啊！"

小樱吓得大喊大叫。鸟子用询问的眼神望着我，似乎在征求我的意见。于是我开口说道："会不会是庞蒂纳克[①]？"

或许是因为喝多了，头开始突突作痛。太热了，整个人都有些昏沉。我脱掉一件上衣，敞开领口透透气。电视里卡恰舞的节奏不断变化，身着金色装饰的舞者伴着音乐舞动。

"庞？"

"庞蒂纳克。好像是印尼或马来西亚一带的民间传说，类似幽灵，或者妖怪一类。"

"那是网络怪谈吗？"

"不是。是很早以前流传下来的。不过好像在哪儿来着……可能是新加坡？那里有人实际遭遇过庞蒂纳克，并把自己的遭遇发到了网上。我曾经读过。"

"为什么会这么想？因为这家酒店是巴厘岛风情？"

"我也不知道。"

"这种妖怪有什么危害吗？"

---

① 来源Pontianak，马来半岛和印尼地区传说中的吸血女鬼。一说Pontianak在马来语中意指"生产时死去的女性"。

"据说如果和她说过话或接触过就必须驱邪，不然会发生不幸。但如果你们没和她说过话应该没事吧？"

听我这么说，夏妃脸色不佳地举起手。

"那个……虽然没和她说过话……但我可能被她碰到了。"

"欸，什么时候？"

"那个，蒸桑拿的时候我也说了……总觉得有人在后面拍我的肩膀。如果只有一次可能是我的错觉，但我感觉被拍了四次……"

"啊——完了，这预示着你要被带往死后的世界去了。因为'四'在中文里和'死'同音。"

为什么我会这么说呢？我有些奇怪，但又确实很有把握。不知道自己有没有口齿不清。

"学姐……"

"喂、喂，你醉了？"

"空鱼你真的没事吗？要不要躺会儿？"

"我、我们该怎么办才好啊？"

"没事儿！我会摆平的。交给我。"

叮咚——门铃响了。除了我之外，其他人都浑身一震看向门口。我毫不慌张。酒精让我的意识有些朦胧，而且我知道是客房服务来了。

"来了来了！放心吧！这是客房服务！"

顺着我手指的方向，房门自己打开了。

甘美兰和轮唱的乐声逐渐变得高昂，身旁涌起恐怖和惊愕的叫声。

看着进来的东西，我说："你们看！"

在那之后发生了什么，我就想不起来了。

7

"进来的是什么呢？"汀问道。

我绞尽脑汁地回忆着，但无济于事。什么都想不起来。

"回过神来时，已经是早上了。"

"结果你们并没有人受害，是吗？"医生问道。

"应该，是的。茜理和夏妃都毫发无伤，而我们三个说实话根本连看都没看到那个所谓的'庞蒂纳克'。"

"但从纸越小姐您所讲的那些来看，在失去记忆期间很可能发生了什么异常事件。会不会是进入了 UBL？"

"嗯……要是进了'里世界'的话，就算喝醉也会吓醒的吧。而且大家应该也会大声喊叫。"

尤其是小樱会尖叫，茜理估计会兴奋不已吧。但当时她们并没有这样的反应。

"就算进了'里世界'，应该也只到中间领域附近。但说实话我也没什么自信，可能只是醉糊涂了，要说是做梦似乎也挺像那么一回事。"

在秩父的温泉旅馆遇到那群塑料模特时也一样，梦境与现实之间的界限十分模糊，但当时有几件物证足以证明确实发生过什么。

而这一次，没有任何证据显示当时有什么异常。我们只是在谜之尴尬的氛围中解散了而已。

"如果您无论如何都想不起来……那不如，由我去问？"汀说道。

"欸？问谁？"

"小樱小姐。就算她不想直接回答您，由我这个旁观者去问的话或许能问出些什么。"

"或许……可以。"

"没关系吗？那么，请允许我失礼一下……"

汀用自己的手机拨通了小樱的电话。我望着他，不禁再次开始对两人的关系产生了疑惑。他们俩似乎已经认识很久了，两人生活的世界大相径庭，竟然能保持良好的关系，真是不可思议。

"您好，好久不见，我是汀。您现在有时间吗？非常荣幸。抱歉，有一件事情想请问一下。是的。纸越小姐来和我商量之后，我也有些在意，嗯。是的。哈哈。嗯。哈哈哈。哎呀，那确实。不不不，您过奖了。啊，然后呢，其实——"

汀以滴水不漏的态度对着电话聊了一会儿，终于看向我，把手机递了过来。

"欸？"

"小樱小姐说，想直接和您聊一下。"

于是我依言接过手机，放到耳边。

"喂？"

电话那头传来小樱一声深深的叹息。

"……小空鱼，你真的什么都不记得了？"

"是、是的。"

"……"

"那个……我干了什么不该干的吗？"

"……"

我忍受不了这段沉默，继续问道："抱歉，我是不是闯了什么祸？当时醉得有点厉害了，抱歉，真的——"

"小空鱼。"

"在。"

"舞狮进房间的时候，你还记得吗？"

"啥？"

这个出人意料的词汇让我的大脑停止了思考。

"舞狮？那个……正月的舞狮？"

见我陷入了混乱，小樱又发出一声叹息。这次的叹息听上去像是在让自己保持冷静。

"那个啊……说实话，当时发生的事我到现在也还没完全理解。当时在场的其他人恐怕也一样。只是……当时发生了非常诡异的事，这一点是肯定的。"

"哦、哦。"

"我自己的记忆也很混乱，不一定能把事情说清楚。好像是在小濑户和市川泡完澡出来那会儿的事情。有什么从桑拿房里出来……不，不对，是小空鱼你说'客房服务来了'，我记得。在那之后，房门突然打开——"

听着小樱毫无逻辑的说明，我的脑海里突然浮现出一幅鲜明的景象。

一个长着四只脚的庞大影子从门口一跃而入。它有着鲜红的脸和瞪得滚圆的眼睛，张着血盆大口，上下两排獠牙向外突出。它头戴金光闪闪、装饰精巧的皇冠，身体上覆盖着白色的毛皮，兴奋地高高抬起腿舞动着——

"——舞狮！"我当时大叫一声。

"我想起来了！确实有舞狮进了房间！"

"是吧。"

的确有类似舞狮的东西进了房间，虽然它的颜色和形状都与红绿相间、咬牙切齿的日本舞狮完全不同。

但我能回忆起的也只有那幅光景，模模糊糊的闪回画面。这到底是什么？

"舞狮进来后，然后……发生了什么来着？"

"……"

小樱的沉默比之前更长了。

"那个……"

"……你真的想知道？"

说话时，她的语气是我从未听过的沉重。

"我……我想知道。"

"嗯……唉，也是。"

"我做的事有那么过分吗？"

"与其说是过分……"一直语焉不详的小樱终于放弃挣扎，说道，"看到舞狮进了房间，大家都发出尖叫，不知道发生了什么。"

"嗯，可以理解。"

"然后，小空鱼你就脱光了。"

"啊？"

"你全裸着跑到舞狮跟前，不知道为什么，和着甘美兰的节拍开始跳起舞来。"

"……真的吗？"

"我才不会编这种谎。"

"是喝醉了……吧……"

"不，我觉得不只是这个原因。你当时的样子有些古怪，就像进入了恍惚状态。"

这信息量实在太大，我只能呆呆地听着小樱往下说。

"然后小空鱼你用比平时更低、更有磁性的声音对我们说了'跟着我就没事''我会照顾你们所有人'之类的话。"

"我……我吗？！"

"你的眼神也变得和平时不太一样，就像换了个人。如果只是醉了，应该不能跳成那样。舞狮那边也跟着你开始跳了起来。你们的舞蹈技艺都非常精湛，感觉像是照着一套固定的动作在跳。"

我根本不记得有过这种事……

"然后，那之后的事我也不太说得清楚……在旁边看着的我们，怎么说呢，也都嗨了起来。"

"嗨了起来？"

"嗯……大概所有人都不正常了。后来想想，可能是受到了那种恍惚状态的影响。"

"哪里不正常？"

"大家都脱了……"

"……"

"我也只记得一些片段而已，大家都围着小空鱼和舞狮唱歌喊话，感觉……所有人都跳得很嗨的样子。那时候完全不觉得有什么不对。"

"然、然后呢……"

"我们大吵大闹，特别兴奋……回过神来时已经是早上了。舞狮也不见了。我们四个是先醒来的，当时小空鱼你还睡得很沉。所有人都没穿衣服。"

"这……这样……"

"我们也很混乱，总之，先把衣服穿上后一起回忆到底发生了什么。在那期间小空鱼你也醒了，但和你搭话你也没什么反应。后来鸟子说要带你去泡澡，我们就把你交给了她。"

"……啊！"

又一幅光景闪现在我脑海里。

鸟子和我坐在大小足够容纳两人的浴缸里。水面上漂浮着许多扶桑花花瓣，非常美。可能是所谓花瓣浴吧，空气里飘荡着一股甜香。鸟子似乎有些害羞，一直略低着头，和我之间也拉开了少许距离。我望着热气蒸腾的水面，感受着朦胧的舒适……

"泡完澡后我们给你穿戴整齐，这时你基本恢复了交流能力。我们看你好像不太记得发生了什么，就商量好被问到时都当作无事发生。"

"……"

"抱歉。我们几个也有点不太明白发生了什么，想着既然你忘了，那还是不要想起来比较好。"

"……"

"我能说的就是这些。够了吗？"

"……"

"那、那我挂了。要是有哪里不对，记得去看医生。"

电话挂断了。

我呆呆地把手机还给汀。

"有什么收获吗？"

我默默思考了一会儿，向汀和医生低下头。

"非常抱歉。请忘了这件事……"

8

"虽然不知道发生了什么，但事情解决了就好。"

"算解决了吗……总之，非常抱歉，真的很抱歉。麻烦您了。"

"不不不，有什么事请随时找我商量。"

"您的身体也是，要是有什么异常请一定要告诉我们。"光头医生说道。

"非常感谢。那，今天就告辞了……"

我刚站起身，医生像是想起了什么，又开口说道："说起来，汀，你告诉她那个女孩的事了吗？"

"啊，还没有……"

"哪个女孩？"我问道。

汀露出为难的神情。

"其实我是想在仁科小姐也在的时候告知二位的。"

"什么事？"

"润巳露娜的意识恢复了。"

——润巳露娜，闰间冴月的狂热追随者兼第四类接触者。能用声音支配人类的精神，是其团伙的头目。

自被闰间冴月袭击后，她一直处于昏睡当中。

"您想见她吗？"汀的询问让我十分迷茫。润巳露娜曾经是我们的敌人，我只是顺势救了她而已。

我选择去见她，可能只是想知道差点被自己执着追寻的女人亲手杀死，她有什么感想而已。

这栋住院大楼里住有好几名第四类接触者，润巳露娜被收容在最里面的房间。

越过厚厚的玻璃窗向内窥视，能看见一名穿着浅蓝色病号服的患者背对着我们坐在椅子上。

病房是完全隔音的，为了不让工作人员受到她的"声"的影响。但当我们走近时，润巳露娜却突然转过身，就像听见了脚步声一般。她手里拿着镜子，似乎正在看自己的脸。

露娜两边的脸颊上还有撕裂后缝合的痕迹，比我想的要更明显，我有些惊讶。差点被闰间冴月杀掉时，露娜大张着嘴，好像下巴都要脱臼了……现在想来，或许是下巴差点被卸下来了也不一定。那么大的动作，嘴角当然也会裂开。呜哇，看着好痛……

仿佛读懂了我的表情，露娜用两只手的食指扯着脸颊露出一个微笑。她的嘴夸张地动着，像在说什么。

她在用口型说。

——我，好看吗？

Otherside
Picnic

档案17
映出过去的斜面镜

1

鸟子的大学就在中央线四谷站旁边。

"离车站好近！"

这是第一个让我感到惊讶的点。和我那个位于埼玉外环，走到车站要花三十分钟的大学大不相同。位于东京都中心的校园十分罕见，我像乡下人进城一样感叹不已，回过神来又连忙绷起脸。要是表现得太像个外来人员，会被保安发现的。

但实际上我的担心是多余的。面向大马路一侧的校门敞开着，进出的人也不用特意出示学生证。

今天是星期二，一个普普通通的工作日。马上就要到中午了，来往的人很多。我混在一群学生之中，轻易就溜进了校园。

校园里精致的建筑林立，我一边走一边观察擦身而过的路人。总觉得打扮时髦的人好多啊，不过我应该也没朴素得那么显眼。而且今天难得给右眼戴上了黑色美瞳，总不至于那么招摇了，大概……

"那家伙，净给别人添麻烦……"

那场新宿的女子会已经过了两周。在那之后一直联系不上鸟子，于是我到她就读的大学来看看情况。

至少她还活得好好的，毕竟发过去的消息都已读了。

说实话，我并不清楚鸟子失联的理由。能想到的只有女子会上的裸舞而已。要是被酒精和甘美兰蛊惑，一丝不挂表演巴龙舞的我感到尴尬倒也情有可原，可鸟子为什么会尴尬呢？出丑的可是我啊。

没错——事后我意识到，自己当时跳的大概是巴龙舞。这是巴厘岛的一种传统舞蹈，据说寓意着善与恶之间永不终结的战争。按照这个说法，当时闯进房间的"舞狮"就是象征善的圣兽巴龙，而与巴龙相对起舞的我，扮演的则是象征恶的魔女让特。

一派胡言。谁是恶的象征啊？

实际上我还担心失联的朋友过来找她呢，怎么看都是在做好事吧？真是，不要再胡说八道了。

言归正传，虽然我知道鸟子的住址，但之前去的时候遭遇了"时空大叔"，惹来不少麻烦，这不禁让我有些犹豫。左思右想时，突然记起鸟子曾经抱怨过周二早上连着上两节必修课很烦的事。也就是说，她周二早上去上课的可能性很高。

所以，最后我来到了鸟子就读的大学。

那么，她会在哪里呢？

我走在来往的学生之间，思考着。

从早上开始连着上两节课——人用脑之后就会饿，鸟子应该也不例外。在这一点上她还挺好懂的。她下课后肯定会先在学校里的某个角落吃午饭。

乘电车来的途中，我查了一下学校里能吃饭的地方。好像有三处食堂、两家咖啡厅以及便利店。在这些地方应该能找到鸟子。我也不熟悉附近的地理环境，于是决定就近寻找。

最近的是便利店，我过去看了看，发现鸟子不在里面，便向较近那家咖啡厅走去。靠着导览图到了店里，发现这里竟只有可丽饼和三明治等外带食品。

"咦？"

我呆立在店门口。

糟糕。之前只想着鸟子会坐在某家店里吃饭，没有预料到外带的情况。要是鸟子选择在某个空教室里吃饭，我就无计可施了。

我盯着咖啡店门口写着菜单的黑板苦思冥想。鸟子只吃一个可丽饼，喝一杯咖啡拿铁就能填饱肚子吗？不知道。虽然一起吃饭时她食量并不小，但她有个坏习惯，总喜欢点一大堆东西然后丢给我收拾残局……而且我自己的话，一个人的时候会节约伙食，把两人吃饭的开销省下来。鸟子有一样的想法也不奇怪。

不不不，在这里烦恼也没用，她肯定不在这里。我改变主意，顺着来时的路往回走。找不到再说吧，赶紧去下一个地方。

我出了楼，横穿道路，走向正对面的另一栋建筑。这栋建筑很高大，从车站也能望见。这所大学里的建筑整体看起来都很高，而且不知道为什么呈白色调。

里世界郊游⑤·再会八尺大人

要去的食堂位于五楼，因为电梯实在太挤，我放弃了，选择爬楼梯。

我气喘吁吁地上了五楼，接着走进食堂。食堂里有一面很大的窗户，或许是因为窗外的天空笼罩着一层阴云，就连室内的光景也变得十分暗淡。食堂很大，从外到内摆放着一排排长桌和有着矮靠背的椅子，大部分都坐满了。我绕过靠墙一侧大排长龙的打饭区向里走去，同时搜寻着鸟子的身影。

从这头找到那头，都没有看见鸟子。

"也不在这里啊……"

我叹了口气，向出口折返。虽然人潮汹涌，但我并不担心自己看漏。那样的家伙怎么可能有第二个。

相对的，我倒是见到几个和我风格类似，服装品位也很接近的土气女孩，总觉得心情复杂。因为打扮精致的女生居多，更衬得她们分外醒目。果然这学校里美女不少，不是我的错觉。真不想待在这里。

正打算走出食堂，我突然发现旁边还有一段楼梯，看来外面还有座位。这栋大楼的形状类似一个被竖着切成两半的"凸"字，向外突出的五楼屋顶就成了露天座位。今天虽然天气还行，但怎么说也是一月份，应该没什么人喜欢在外面吃饭吧——话虽如此，我还是走向楼梯，决定出去看看。

打开通往露天座位的门，冰凉的空气拂过我的脸颊。刚刚在外面走的时候明明不觉得有什么，突然从开着暖气的室内离开还是有些冷。我把脖子缩进呢子大衣里，来到屋顶。露天座位不多，只零星坐着几个人。

在其中，我看到了鸟子的身影。

那个独自坐在最靠外的桌前，背对着我这边的人，毫无疑问就是鸟子。她身穿宽松的深绿色冲锋衣，金发随意挽成马尾扎在背后。

"……找到了。"

我松了口气，停下脚步。比预料中更早发现鸟子是件好事，而且最起码她还能大冬天在室外吃饭，身体看起来很健康，那我也就放心了。虽然本来就不觉得她发生了什么意外，但我之前还是有些担心的。

怎么办好呢？要在背后大叫一声吓吓她吗？

……说不定会遭殃的，这家伙带着枪呢。虽然我也带着。

考虑到可能发生不幸的事故，我放弃了恶作剧，很自然地走过去，绕过桌子"扑通"一声，坐在了鸟子对面。

鸟子抬起头眼神不善地瞪了我一眼。第一次见她这副表情，是对突然坐到对面的无礼之徒流露出的恼怒和戒备。在面对我的时候，这副表情一次也没出现过。而在认出我的一瞬间，鸟子的神情一下子变成了一脸茫然的状态。

"哟。"我打了个招呼，四下环顾着继续说道，"你没有一起吃饭的朋友吗？"

这是之前的"以牙还牙"，虽然不知道她还记不记得。

"空鱼……你怎么会在这里？"

"正好有机会，就想过来看看。"

我看向鸟子面前的餐盘。她已经吃了一半，看着像是一份套餐，里面有黄色的藏红花米饭、咖喱和某种油炸物。

"你在吃什么？"

"主厨的'随心所欲'套餐……"

"哈哈，学生食堂里还有这种饭啊。听起来好贵。"

"只要一个五百日元硬币哦。"

"真的假的？我看你的学校装修很精致，还以为要一千日元呢。"

"这里的学生食堂很便宜的，这顿饭在菜单里也算贵的了。"

在露天座位上被冷风吹久了，我们俩都缩起脖子。

"你怎么不在里面吃饭？在这里饭很快就凉了。"

"人太多了。"

"这样啊。"

见我点头，鸟子讶异地皱起眉。

"你干吗笑眯眯的？"

"欸，没有啊。"

我捏捏自己两边脸颊。我笑得有那么明显吗？

说实话，不能否认我是稍微松了口气。我时常担心，要是鸟子其实在大学里有很多朋友，过着阳光的大学生活的话该怎么办好。虽然从平时她偶尔流露出的怕生心理来看，应该是没有这种事，但看到鸟子独自吃饭的样子，我不禁放下心来。

鸟子平时的大学生活是什么样的呢？

尽管已经认识了很久，但以这种形式对鸟子这个人产生兴趣好像还是第一次。

"空鱼你也吃点什么吧？"

"我又不是这里的学生，能在食堂吃饭吗？"

"他们又不会让你出示学生证什么的。"

"哎呀，还是算了。收银台那边人也很多。"

"只有我一个人在吃总觉得不太好。"

"那我喝点什么陪陪你吧。"

我从双肩包里拿出瓶装茶，坐直了身子，鸟子似乎也终于恢复了冷静。她放在桌子上那只戴着皮手套的左手此前一直紧握着，现在也慢慢松开了。我的突然出现还是吓了她一跳。

"然后呢？为什么不回我的消息，鸟子同学？"

鸟子有些尴尬地把目光投向餐盘。她看上去不打算回答，于是我又问了一遍。

"是之前在主题酒店开的女子会的缘故？"

"……"

果然如此。也只有这一个原因了。

我一边喝茶，一边思考着该怎么说好。用茶润湿了一下口腔后，我拧好瓶盖，把瓶子放在桌上。

"那个……其实我不太记得了。不过当时我好像酒品特别差。"

"你什么都不记得了？"鸟子用探寻的目光望着我，说道。

"我问了小樱小姐之后，稍微想起了一部分。"

"想起了什么？"

"好像，大家当时都裸着身子跳舞……"我有些尴尬地说。

鸟子听完像是一下泄了劲，靠在了椅背上。

"没错，是跳了。"

她的语气干脆得出人意料。

"抱歉。大概是我的缘故，大家都有些不正常了。"

"你的缘故？为什么？"

"可能是因为我喝醉了，没能控制住右眼的能力导致的。"

说这番话的时候我自己都有些想笑。哈……没能控制住右眼的能力……因为酒的缘故……简直糟糕透顶！

"你看你又笑了，从刚才开始怎么一直笑眯眯的？"

"啊，没有，抱歉，没事。"我调整了一下心态继续说道，"话说，该不会当时那个房间本身已经成了类似中间领域的存在吧？毕竟还出现了巴厘岛风情舞狮……"

鸟子的眼神突然变得涣散。

"舞狮……"

她甩甩头，像是要把那些混乱的记忆从脑海里挥去。等她的眼神重新聚焦后，我接着往下说："总之因为这个缘故，大家当时都有些兴奋得不正常了。抱歉，给你留下了尴尬的回忆。"

"没有。"

"就算让你别在意可能也做不到，不过你想想，最尴尬的可是我啊。看在这份上就饶了我吧，好不好？"

我试着半开玩笑地缓和气氛，但鸟子仍是一副闷闷不乐的神情。

"……不行吗？"

"如果只是这些，倒也不至于尴尬……"她用勺子戳着已经完全冷掉的咖喱说道。

"欸？真的？"

"嗯。"

"那你为什么不回我的消息呢？"我问道。

鸟子嘟嘟囔囔地回答："我觉得，是不是就我一个人在兴高采烈……"

"什么？"

"因为空鱼你好像不怎么开心的样子。"

"欸……"

没料到鸟子会说出这样的话，我一时语塞。

"不……没有这回事。"

"骗人。"

"没骗你。"

"就是骗人。你不想和我两个人一起，所以才叫了其他人吧？"

"我倒没有……不想。"

"倒？"

鸟子抓着我随口说出的一个字不肯罢休，我无话可说。

咦？不对，怎么不知不觉间攻守逆转了？

"我要是不想去，一开始就不会去。"

我提高了声音，想夺回主导权。鸟子立即答道："那，下次我们俩一起去？"

"……"

"你看，果然。"她撇开眼睛，"我没发现你不愿意，对不起。"

虽然说着对不起，鸟子的语气却很生硬。又生硬，又冰冷。

这时我终于意识到了。

鸟子在生气。

鸟子突然站起身来，吓了我一跳。她端着还没吃完的"随心所欲"套餐从桌子旁离去。

"等……等一下。"我连忙起身追在她身后，"你要去哪里？还没吃完呢。"

"你想吃？那给你。"

"不，这是你吃剩的吧……"

"我倒是不介意。"

"你还是介意点吧。"

我陷入了混乱。起初应该是我比鸟子占上风的，毕竟一句话都不说就失联的是鸟子。实际上刚刚见面的时候，鸟子看起来也很老实，不是吗？但一转眼她就生起气来，我反而成了被动的一方。到底为什么会变成这样？我一头雾水。

鸟子看也不看我一眼，径自回了室内。她大步流星地穿过食堂，把餐盘放到回收处，然后走了出去。我只能跟在后面。

"鸟子。"鸟子在电梯厅里停了下来，我追上去开口叫道，"为什么生气？"

"没生气。"

"你就是在生气……"

说话间，我想起之前也有过这样的对话，而且不止一次。被问"为什么生气"的一直是我，回答"没生气"的也是我。像这样反过来的情况还是第一次。

电梯到了，排着队等在前头的学生们依次走了进去。尽管人很多，我们应该是能进去的。但鸟子站着没动。

"鸟子，你不进去吗？"

鸟子没有回答，烦躁地叹了口气，转身走向楼梯，背对着呆若木鸡的我快步往楼下走去。

"鸟子！"

我追在她身后，避让着向上走的学生们往下跑去。鸟子的速度比我更快，眼看马上要被甩开了，双脚却不听使唤。我下到一楼时鸟子已经要出门了。

"鸟子！等一下啦！"

跑出大楼之后，我放声大喊。

但她没有停下。我怒从心起，快步跑过去，伸手从背后抓住了她的外套。

"放手！"

"我不要！"

见我条件反射地回了一句，鸟子猛地转过身。我连忙松开还抓着她背后的那只手。在我因为惯性后仰的同时，她挥起的左手迎面打来。

"呜哇——"

我以一种被击飞的姿势向后倒去。所幸是屁股和双手着地，没摔着脑袋。

鸟子倒吸了一口冷气。

"好痛……"

为了缓解疼痛，我甩着撞在柏油地面上的手，同时抬起头。

鸟子一脸惊愕地低头看着我。你在干吗，很危险的好不好——我本来想教训她，但看到对方脸色苍白的样子，不由得吓了一跳。我知道鸟子没有要推我的想法，只是时机凑巧，我顺势摔倒了而已。

"啊，我没事的。没事没事，只是手有点痛而已。"

尽管鸟子什么也没说，我还是笑着宽慰她。实际上只是手掌阵阵作痛罢了，也没有出血。比起自己摔倒，终于拦住鸟子这件事反而让我松了口气。

但也只是一瞬间。

鸟子的视线从我身上移开，开始游移不定。

"空鱼？"

"我都说没事啦。"

"欸？欸？空鱼？"

有哪里不对。一开始我以为鸟子只是心下慌乱，无法与我对视，但似乎并非如此。她又看向了这边，但视线从我身上掠过，只是四下张望着。就像看不见我一般——

"空鱼，你在哪儿？"

这句话让我的猜测得到了证实。

她看不到我。

她真的，看不到我。

"鸟子——"

我连忙站起身。到底发生了什么？

"我在这里。"

我一边喊着一边迈出脚步，试图抓住她的手让她冷静下来。

这时——就在我眼前，鸟子的身影变得闪烁不定。

接着，刹那间，鸟子消失了，仿佛被银色的磷光吞没。

2

"鸟子？！"

这次轮到我一脸惊愕了。

我冲到刚才鸟子在的地方四下环顾。不在，她不在。哪里都找不到。鸟子消失得无影无踪，仿佛这个人从一开始就不存在。

"慢着，骗人的吧？为什么？"

正当我几乎陷入恐慌时，我发现了一件奇妙的事。

消失的不只是鸟子。

视线所及之处没有一个人。

中午的校园里刚刚还挤满了来往的学生，现在却变得空荡而寂静。就在短短的十秒间，只剩下我一个活人。

强烈的即视感袭来，我发出一声呻吟。

在遭遇"时空大叔"时，我也体验过同样的现象。当时也和现在一样，回过神时所有人都消失了。没有人，没有车，没有电车的声音，这种在"表世界"从未有过的体验与当时无异。

也就是说，这里是中间领域。

不知道为什么，我在不慎摔倒的那一瞬间被弹出了"表世界"。和鸟子互相看不见彼此，一定也是因为这个缘故。

我把意识集中到右眼。如果有"门"，这样应该就能看见了……

"不行吗……"

看不见。或许是"门"的出现只有一瞬间，现在连一点银色的磷光都没留下。

我开始思考回去的方法。上次是接到"时空大叔"的电话，被赶回了原来的世界。

"对了，电话！"

我拿出手机，按下开机键。太好了，没有变成乱码。不，仔细一看很多地方都有些异样，但起码能看懂。

按下拨号键，响起了正常的回铃音——打通了！

"空鱼？！"

电话那头传来鸟子的一声大叫，我不由得把手机拿远了些。

"啊……喂，鸟子？"

"空鱼！你现在在哪里？没事吧？！"

"你、你冷静点，我没事。"

"太好了！"

虽然我也松了口气，但鸟子的反应比我更激烈。我仿佛能看见她那张眉毛皱成"八"字的脸。

"因为空鱼你突然不见了，我……你现在在在哪里？"

"呃……我就在刚才那个地方……但好像进入了中间领域。"

短暂的沉默后，鸟子长长叹了口气。

"抱歉，我不该推倒你的。"

"我只是因为惯性摔倒了而已。"

"可是——"

"我知道你不是故意的，不说这个了——"

"不是的！"

鸟子又一次提高了声音。我吓了一跳，赶紧闭上嘴。

"我用左手碰了你。"

她的声音听起来很紧张。

"欸？但你戴着手套啊。"

"戴了。但——我有感觉。碰到你的时候。"

"感觉？"

"和你的身体直接接触的感觉。明明我戴了手套的！"

原来如此……

"也就是说，是你用手把我推进了中间领域？嗯……可是，之前都没有发生过这种事吧？"

"嗯……"

"算了。那既然你能把我推过来，反之也能把我拉回去吧？试一试。"

"我该怎么做？"

"就像平时一样，随便往附近抓一下试试？"

电话那头传来鸟子一边挥舞着左手一边自言自语的声音，但过了一会儿，鸟子再次开口时，语气听起来有些消沉。

"不行，什么都没摸到。"

"嗯……不行吗。我刚才也试着用右眼看过了，什么都没看到。就算刚才有'门'，现在可能也消失了……"

我一边来回踱步一边思考着，突然在余光中看到有什么在动，于是抬起头。

"啊！"

"什么？怎么了？"

"鸟子……我找到你了。"

"欸？！"

"玻璃里有你的影子。"

视线前方，大楼的窗户玻璃里映出了我的影子，鸟子就站在我身后。因为今天是阴天，阳光有些暗淡，影子看上去也分外朦胧，但毫无疑问，那就是鸟子。

"哪里？哪块玻璃？"

"呃，我说不清楚。你随便指一下某个地方。啊，对对，左转三十度。没错，就在你的正面。"

"玻璃里只有我啊……"

"真的？那可能只有我能看见。"

"这样……"

"没事的。我去试着找能出去的地方，用我的右眼应该能找到某处的'门'，然后鸟子用左手打开它就好了。"

"嗯……电话能接通真是太好了。"

"是啊，要是联系不上那真是麻烦了。"

鸟子突然想起了什么，急忙补充道："我说，你可不要挂断哦。不知道之后还能不能打通了。"

"我知道。不过以防万一，我们定一个 Plan B 吧。"

"Plan B？"

"我们在如月车站给小樱小姐打电话的时候，不是也发生了异常吗？要是一会儿打着打着，发现对方的样子不对劲了，就挂掉再打吧。"

"打不通的话怎么办？"

"也是。那我干脆就走到神保町那边，从那座大楼进到'里世界'去吧。虽然没在中间领域用过那个电梯……"

"有点不靠谱啊，我还是想尽量在附近找找'门'。"

"嗯。那……我们走吧。"

"去哪儿？"

"从我这边看得见你。你就随便走吧，我会跟上的。"

"好不靠谱……"

尽管鸟子发着牢骚，但我看到她的身影，她还是迈出了脚步。

3

中间领域的光景总是有几分诡异。校内导览牌上的文字还能辨识，但内容却变得十分古怪，"邻居栋""新伤""停止场"等莫名的文字出现在了上面。草坪上的草之前有那么高吗？外墙的裂缝看着像人的笑脸也是凑巧？

我跟着玻璃上倒映着的模糊身影，走在诡异的校园里。

那边的世界还有其他人，而我这边只有自己一个人。鸟子的身影偶尔会扭曲成不规则的形状，想来是为了避开迎面走来的路人。

"我说，我真的在随便乱走。这样就行吗？"鸟子询问的声音有些疑惑。

"那你给我当向导吧。"

"向导？"

"鸟子，你平时在大学都是怎么过的？"

对方没有马上回答。

"咦？喂喂？"

"第一次有人问我这种问题。"

"欸，是吗？"

"嗯。"鸟子哈哈笑起来，像是松了口气，"我以为空鱼你对这方面没兴趣呢。"

"可能吧。之前是没什么兴趣。"

"那为什么突然这么问？"

"也没有为什么……"我只是随口一问，并没有什么深意，"行啦，机会难得就告诉我嘛。"

"你想知道什么？"

"嗯——我想想啊……你平时都在刚才那个食堂吃饭吗？"

"因为那边便宜、量足，我经常去。但也不是每天，我也经常在便利店买点东西凑合一下。"

"不是还有其他食堂吗？你不去那边吗？"

"有时候去，心情好的话。"

"那今天我能在食堂遇到你算运气好吧？"

"你就像知道我会在那里一样突然出现，吓死我了。"鸟子说着笑了笑，又感慨地接着说，"真亏你能在人那么多的地方找到我啊。"

"因为你自己一个人啊，鸟子。"

"话虽如此，在我们大学，我这种类型的女生还挺多的吧？"

这么一说可能确实如此。我的确在校园里看到过和鸟子一样惊艳的女生、漂亮的女生和有着柔顺金发的女生。但——

"像你这样的人，世界上才不会有第二个。"我答道。

电话那头的鸟子沉默了一刹那，然后长叹一口气。

"哈啊——你立马又这样……"

"欸？我说了什么奇怪的话吗？"

"算了。是我奇怪。"

"你在说啥？"

"……"

"喂。"

"我给你当向导就行了吧？"

"欸？嗯。"

"那你跟我来。"

鸟子强行转变话题，快步向前走去，像要把我甩掉。我也加快了脚步。

"你又生气了吗？"

"没生气。"

鸟子走向其中一栋建筑。靠近入口时，玻璃门上映出了较为清晰的影像。因为背后是阴云密布的天空，又是逆光，所以看不清鸟子的表情。我还没来得及仔细看，她的身影就消失了。应该是打开了"表世界"的门，进到楼里了吧。于是我也打开我这侧世界的门，跟在她身后。

大厅里设有楼梯，前方是一条长长的走廊，能看见等距排列的教室门。各个大学教学楼的构造都差不多，但这里比我就读的大学更新也更精致。或许是因为回荡着的脚步声，感觉建筑内部比外面更寂静。尽管有阳光透过窗户照进来，我却感觉自己仿佛置身于洞窟之中。

"空鱼，你有跟上来吗？"

"你在一楼的走廊里，对吧？"

"嗯，现在进了第二个教室了。"

"OK."

我们可能是在同一时间推开了门。因为对面的窗户上，映出了门口站着的鸟子的剪影。

教室很大，里面整齐摆放着木质长桌和椅子。前面是推拉式黑板和讲台。一间普普通通的大学教室。

"这里是？"

"空鱼你来之前，我就在这个教室里上课。"

"原来如此。你平时在这里学习啊？"

"和你的大学没什么区别吧？"

"这里感觉看起来要更洋气一点，比如日光灯的款式什么的。"

"在说什么啊。"

鸟子"嘿嘿"笑了起来。

窗户上倒映着的鸟子的身影在桌子之间缓缓穿行。我靠在讲桌旁，目光追随着"表世界"鸟子所在的地方。

"你上的是什么课？说起来，你是什么学院的？"

"我记得自己绝对说过的，在庆功宴之类的场合。"

"是吗？可能是喝了酒就忘了吧。"

"……"

我半开玩笑地想用忘记了这个借口蒙混过关，但感觉到电话那头传来莫名的愤怒波动，最后还是老老实实地道了歉。

"对不起，你是哪个学院来着？"

"英国文学。"

"啊——原来如此，毕竟鸟子英语很好嘛。"

我无心的一句话却让鸟子又一次陷入了沉默。

"啊……抱歉，惹你生气了？"

"不是。只是……被戳中了痛点。"

"欸？"

"就因为我会英语，所以才被这所大学招进来的。"鸟子笑道，但语气有些自嘲的意味，"我并不是因为想做什么，或是想学什么而进的这个学院。只是因为这个学院比较好进罢了。所以，听了身边的人说的话之后，我有些迷茫了。"

"什么意思？"

"大家都有未来想做的事或者感兴趣的事，但我发现自己什么都没有。仔细想想我甚至不知道自己为什么会在这里，所以我开始害怕和别人说话。"

我第一次听鸟子说这种话。很久之前她曾说过自己没有读过日本的高中，是通过高认①之后参加的考试。而当时她的家庭教师就是闰间冴月。

我和鸟子相遇是在五月初。我记得闰间冴月应该是在当时的三个月之前失踪的，倒推一下的话，就是在鸟子大一那年的二月份左右。一直仰慕着的人突然消失，被丢下的鸟子或许在那时才恢复正常。

"空鱼是因为想研究民俗学还是人类学什么的，才进了大学，对吧？"

"算是吧……"

"好厉害啊。"

"不不不，没什么厉害的。"

被鸟子夸奖，不知为何我却感到如坐针毡。迄今为止，第一次

① 高等学校毕业程度认定试验，日本文部科学省为没有高中毕业的学生设置的考试制度。

和鸟子谈及关于大学和将来的严肃话题也让人坐立不安。就在我漫无目的地在讲台周围晃来晃去时，突然，黑板角落里的一行粉笔字映入眼帘。

She pay ʌlftos pua ʌlueppns vanished away
For eyt kraus sam a wn!ooɔ, you see.

看着像是英语，却好像又不是英语。这句话本来有什么含义吗？

"明年就是大三了。空鱼你的大学里有研究班①之类的吗？"鸟子问道。

"有的，大三就要选研究班了。"我艰难地把注意力转回对话中。

"我们也是。你决定选哪个了吗？"

"嗯——还没……"

"这样啊。"

"鸟子你呢？"

"我也是。本来也不是因为感兴趣才选的这门学科，感觉混在认真努力的学生当中很有负罪感……"

"听起来挺软弱啊。"

"我大多数时候就是个软弱的人啊。"

"骗人，你面对我的时候可是咄咄逼人的。"

"……那是只对空鱼你这样。"

———————————

① 一种区别于普通课程的授课形式，由教师和少部分学生组成小班，针对某一课题进行研究。

啊。

我不由得闭上了双眼。

完了。这个话题的走向很不妙。

"只对我啊……"

"嗯。"

"哦，也是，毕竟你很怕生。"

"嗯，如果是第一次见面的人，完全没法对话。"

"……不，慢着。你对我不是从一开始就——"

又来了！实在忍不住不吐槽。

"嗯……我感觉如果是你的话，好像能处得来，就不自觉地自来熟起来。"鸟子老老实实地回答。

原来你自己也知道啊……

"哎呀，不过还好你当时遇见的是我。"

"你现在也这么想吗？"

"那是当然。"

软弱的鸟子让我有些恼火，或许我的语气也重了点。

沉默了一会儿，鸟子唐突地开口："这里看完了吗？"

"啊，嗯。"

"那我们去其他地方吧。"

似乎听见开门的声音，我回过头。教室的门是开着的。

咦？我关了来着？记不清了。

因为担心有什么东西在，以防万一我用右眼观察了一下，但依然只有我一个人。

"鸟子，你出去了吗？"

"没有啊，我现在到讲台前面来了。你看不见吗？"

我又看向窗户。的确，那里倒映着鸟子模糊的身影。

"真的欸，要是能看得更清楚一点就好了。"

"别说看得更清楚一点了，我这边可是什么都看不见，你知道吧？"

"毕竟只是玻璃，这要是镜子的话——啊！"

我灵光一闪，大叫起来。

我傻了。为什么刚才没想到呢？

"怎么了？"

"鸟子，厕所在哪儿？"

"欸，你尿裤子了？"

"笨蛋！才不是！退一万步讲，你也该说'快尿裤子了'吧？"

"因为你的声音听起来很绝望，我不由得……"

"真是的。我不是要上厕所，厕所里不是有镜子吗？"

"……啊，那边有真正的镜子！"

"没错！不是这种模糊的镜面反射。话说，你有没有带着化妆镜之类的东西？"

"我平时不会带着化妆镜走来走去的，你呢？"

"我也……"

"那我们一样呢。"

这有什么好高兴的？

"总之，有镜子的话，或许就能看清你了。"

"OK，我们试试吧。"

分处两个世界的我们各自向着最近的洗手间走去。

出了教室，回到入口大厅，走进楼梯背面的女厕所，映入眼帘的就是位于盥洗台前的镜子。

镜子里映出了……我。

只有我。

"怎么样，空鱼？"

"呃——抱歉，我好像想错了。"

"不行吗？"

"照出来的是我。"

"毕竟是镜子嘛。"

"哎，话虽如此……"

进展不如预期般顺利，这让我有些受挫。可是为什么呢？玻璃能映出鸟子，镜子却不能？搞不懂这是什么道理。虽然中间领域本来就毫无道理……

我盯着镜子思考着，这时鸟子说道："没办法。我们接下来去哪儿？"

"等一下。"

"嗯？"

"刚才好像……"

我感觉有些异样，叫住了鸟子。

刚才一瞬间，那熟悉的金发在余光中一闪而过。

我把脸贴近镜子。

眯起眼睛看、分别闭起一只眼睛看……在各种各样的尝试过程中，一抹金色又一次在镜面中闪过。

毫无疑问，那是鸟子的金发！满足某种条件时，就能看见鸟子。到底是什么条件？

"原来是角度。"

"欸？"

"我好像明白了，稍等一下……"

我逐渐锁定了条件。首先正常地从正面注视镜子，这时我的意识集中在左眼，也就是正常的视觉环境。这么做的时候，不再聚焦的右眼会发生微动，类似眼部肌肉松弛时产生的微微的痉挛。就在这一刻，从偏移了角度的右眼和左眼两边视野的夹缝中，我看见了另外一幅光景。

镜面如水波般荡漾着，瞬间被银色的雾气所覆盖，而当雾气消弭时——看，鸟子的身影出现了。

镜子对面的鸟子望着我，把手机放在耳边，不安地皱着眉头。终于又看到鸟子的脸，不知为何让我一瞬间如释重负。看来我也变得软弱了不少。

我集中精神，为了保持理智，让鸟子留在视线中。这时，鸟子身后的隔间打开了。

隔间中出现了一个人，拖着脚步走了出来。

她身穿呢子大衣，戴着围巾，黑色短发。虽然低着头，我还是一眼就认了出来。

那个人是我。

镜中的我慢慢抬起头——

电话响了。

我浑身一震，将目光从镜中移开。

手里的手机不断鸣响着。

"喂？"

"空鱼？"

"鸟子？咦？"

"你没事吧？"

"发生什么了？"

我一边问一边抬起头，镜子里的我一脸困惑地回望着自己。无论是鸟子，还是从隔间里走出的我都消失了。

"我刚才可着急了，因为空鱼你突然开始胡言乱语。"

鸟子安心地叹了口气。

"……啊，是你挂断的？"

"嗯。我感觉情况不太妙就挂断了。"

"我刚才说了什么？"

"好像说了'有很多人的热闹的地方'什么的……完全不知所云。"

原来如此……虽然我料到了会有"其中一方突然失常"的情况，但仔细一想，失常可能性更高的是身处中间领域的我。

自己刚才竟然完全没发现，真讨厌，我晃了晃脑袋。

"谢了，还好我们刚才定了 Plan B。"

"话说，我真的超级不喜欢挂电话的感觉。虽然刚才情急之下很快就挂掉了，但一想到可能之后再也打不通，我都不敢再打。"

"也是啦，抱歉。"

"我说真的，现在手指还在抖。"

"我刚才看见你了。"

"欸，真的？"

"嗯，你的表情看起来很忧虑。"

"那当然了好吗？！再这样下去我真的要揍你了，空鱼。"

"好好好，还是这样精神的鸟子更好。"

"我生气了。我一定要揍你，绝对。"

"你暴力的本性都暴露了。"

被我捉弄后，鸟子发出了犬类的低吟。我决定还是见好就收。

"然后呢？镜子能变成'门'吗？"鸟子问。

我再次看向镜面。

"刚才看见了银色的雾霭，如果时机正好的话，我觉得应该行。"

我心有余悸地回头向背后看去。这边的厕所每个隔间都大开着，一个人也没有。刚才看见的是之前出现过的分身吗？

"我不太想在这里试，我们能去其他地方吗？"

"发生什么了？"听我这么说，鸟子惊讶地问。

"没有，没什么。"

"是吗？那……我们去楼上的厕所？"

"厕所……也只有那里有镜子了吧。"

尽管心里抵触，但也没办法。

如果是分身的话，之前我也见过。仿佛是为了强调我内心的丑恶，分身的样子也非常扭曲。虽然它令人恶心，但现在提这个也只会加剧鸟子的担心而已。

我们出了厕所，上楼梯，来到了二楼的厕所。

我检查了一遍隔间，确认门都是开着的之后，再次转向镜子。

一边回忆着刚才那种感觉，一边让右眼放松下来……

——来了。

视线又被银色的雾霭笼罩。

好嘞。要是这次能看见鸟子，让她用左手打开"门"就能回到"表世界"了。虽然我必须得爬上盥洗台才能从镜子里穿过去。

我集中精神看向镜中，鸟子的身影慢慢浮现。

"咦？"

有哪里不对。眼前出现的不是正面，而是从下往上，仰视视角的景象。

而且映出的不是厕所里的光景，而是室外。晴空万里，镜面边缘还有长得高高的枯草。鸟子低头俯视着我，她身穿橄榄色的夹克，拉链一直拉到脖子。下身是牛仔裤，脚踏一双绑带靴子……

"欸、欸？"我失声惊叫。

看到的第一眼我就认出来了。这是我和鸟子在"里世界"初遇时的光景。

鸟子朝着镜面伸出了手，我的视线不由自主地被她靠近的脸所吸引。下一个瞬间，我坠入了她的瞳孔——旋即，天地倒转。半个身子泡在水里，浑身湿透的我握着鸟子的手，目瞪口呆地看向这边。湿淋淋的头发粘在脸上，嘴巴和鼻子都在淌水，虽然这张脸是这么狼狈，大睁着的双眼却闪闪发光，非常的——充满生机活力。但，这到底是在哪里？

"哪里像奥菲莉亚——哈？！"

这一次在电话挂断前我就自己恢复了正常。镜中映出的也不再是"里世界"的草原，而是又变回了厕所的光景。但在我身后，厕所隔间里出现了另一个"我"。她拖着步子，迈着机器人般奇妙的步伐正要走过来。"我"的身体重心很奇怪，手腕往前的部分长得诡异。

我猛地转身。没有人。我再次看向镜子，镜中那个"我"也消失了。

"空鱼，你刚才说什么？我要挂断再打一次吗？"

"不用……没事。"

"真的？"

"那个，我刚才看见你了。第一次相遇时的你。"

"欸……"

鸟子的声音有些疑惑。

"在'里世界'，我快要淹死的时候。我从你的眼睛里看到了我的样子。"

"从我的眼睛里？"

"嗯。"

刹那的沉默后，鸟子大叫起来："等一下！那也就是说，你能看到我眼中的你是什么样的？"

"算是吧。"

"等会儿！不要啊，啊啊——怎么会这样，糟透了……"

张皇失措的鸟子让我感到疑惑。

"欸，但我感觉你的目光并没有什么恶意……"

"不是这个问题！我说，别再使坏了，快回来吧？"

"我没有使坏！真拿你没办法，那我再试一次？"

"抱歉，我这边来人了。"

"知道了。那我们去其他楼层吧。"

"这是在干吗，环游厕所？"

我们来到三楼的厕所，又试了一次。

银色的雾霭散去后，这次镜中出现的是一个昏暗的房间。面前放着一个人头状物体，对面是并排看着这边的我和鸟子。我们两人背后的大门敞开着，门外是熟悉的公寓过道——

糟了！

这是我住的公寓隔壁那间房，从"潘多拉"的梳妆台看到的光景！

意识到发生了什么的瞬间，我立刻闭紧双眼。刹那间我似乎看到镜像中，我和鸟子背后通往浴室的门开了，那里出现了举着两条螳螂般长长手臂的"我"。但我强行转移了注意力。

"鸟子，你没事吧？"

"欸？我这边倒没事——发生什么了？"

太好了。就算发生了什么，目前似乎还没对"表世界"的鸟子产生影响。

"我好像有点明白了。这面位于中间领域的镜子，似乎联结着迄今为止我们俩见过的其他镜面。"

听了我刚才的经历，鸟子惊讶地说："镜子联结着过去？也就是说，可以进行时间旅行吗？"

"那应该是做不到……要是如今的我突然出现在我们初遇的地方，一切都会乱套的。"

"就会发生时空悖论呢。"

"所以我觉得应该只是透过镜子，看到了当时的情景而已。"

"那结果镜子还是不能当'门'用吗？"

"用好像是可以用，但镜子里的景象一出现，注意力就会被吸引过去，然后我的意识就会出现异常，就没办法给你信号了。"

"既然如此，那我从一开始就把左手放在镜子上怎么样？这样就算你没有任何表示，触感发生变化我也会马上察觉到，然后就把你拉出来。"

"好主意。"

"好，这次一定要——"

"啊，等一下。这里太窄了，我想去大一点的地方，万一有什么也能逃跑。"

我阻止了鸟子。除了自己的分身，刚才还见到的"潘多拉"梳妆台，让我脑中警铃大作。

"除了厕所之外的地方……嗯……"鸟子陷入了沉思，"汽车后视镜之类？对了，便利店也有镜子，我去买一面不就行了？"

"那么小我过不去的。"

"啊，对哦。那……学校的体育社团会在多功能大楼里练习，楼里也有健身房什么的，应该会有大镜子。"

"OK，我们过去看看。"

我们离开了厕所，再次来到室外。

我们进了多功能大楼，一楼就是健身房，急忙打开门后，这次换鸟子站定了。

"等会儿，空鱼，这里可能不行。"

"欸，为什么？"

"有好多人。"

"啊……"

因为中间领域一直是空无一人的状态，我都快忘了，鸟子那边是有很多人的。

"大中午的还有人在健身房啊。"

"来健身房应该不怎么受时间影响。"

"鸟子也会来吗？"

"偶尔，比如想跑步的时候。"

"这样啊——"

在我迄今为止的人生当中，"跑步"这种想法一次都没有过，所以我不太能理解。不得不跑起来的时候倒是很多。

从门口望去，静寂的房间里摆放着各种健身器械。受到中间领域影响，这些器械都带着皮带和锁，看上去如同拷问台一般。虽然这里有大镜子，但如果鸟子那边不方便进去也没办法。哪怕是能顺利逃出去，从镜中出现的我也会成为万众瞩目的焦点。鸟子透明的左手也一样。

"那我们去其他楼里找找吧……"

我刚想出去，鸟子开口道："先去其他房间看看吧。舞蹈社团也会在这里练习，说不定还有其他带镜子的房间。"

于是鸟子带着我一一检查了余下的房间。每当进入没有窗或没有镜面反射的过道，我就难以发现鸟子的身影，于是她前进时每隔一段时间就向我报告自己的行踪。

有些房间里虽然有镜子，但尺寸偏小；有些房间"表世界"那一侧已经有人了，一直找不到合适的地方。我正焦急着，来到四楼走道时电话里传来了鸟子的声音。

"空鱼，找到了！从里往外数第二间，右手边的门！"

"来了来了。"

我依言打开那扇门，是一个铺着木板的明亮房间。内侧墙面是一整面镜子，地板上布满了细微的刮痕，可能是用来练习舞蹈的教室。

"噢——完美啊。"

"而且也没有人，就用这个房间吧。我把门锁上。"

听鸟子这么说，我不由得也把自己这边的门锁上了。我可不想一会儿外面有什么东西进来打扰我，但这样一来，万一室内发生了什么，要逃出去可能也会有点麻烦……但这个房间是最符合条件的了，还是努力从这里回"表世界"吧。

我从包里掏出马卡洛夫手枪，用右手拿着。要是一不小心对着镜子开了枪就前功尽弃了，必须小心使用，但以防万一还是先拿出来。

"我就站在镜子前，正对面的地方。"电话那头的鸟子说道。

我也站到了同样的位置。

"这边也准备好了。"

"OK，我要把手放在镜子上了。"

"OK，我用右眼了。"

我把意识集中到眼前的镜面上。来吧，这次会出现什么呢……

正当我从记忆中搜寻曾去过的有镜子的场所时，银色的雾霭已经完全将镜面包围覆盖。

——就是现在！

我打算开口提醒鸟子，就在这一瞬间。

电车向我疾冲而来。

车灯亮得刺眼，车头以惊人的速度从正面向我袭来。

我不由得发出了悲鸣，要撞上了——

眼前变得漆黑一片。

……好黑。

还是好黑。

发现自己并没有被撞飞，我抬起头。

身旁就是"我"。四目相对时，"我"拼命抱住了我的脑袋。又一次什么都看不到了。

这是——逃出如月车站时的情景吗？

又过了一会儿，视野突然变得明亮。我再次抬起头。果然如此，这里是"表世界"的电车，我们在当时西武池袋线的电车车厢里。

"我"紧抱着门边的金属把手，身体不住地摇晃。虽然没发出声音，但一眼就能看出"我"哭得像个孩子。滚落的泪水濡湿了睫毛，我的视线不由得被那滴泪水吸引。

那滴泪的表面映出了"我"。"我"趴在水泥地板上以瘆人的姿势蠕动着，仿佛失去了全身的关节。视线中出现了一只手，是摘去了手套的透明的左手。那只手触碰着黏土般软绵绵的"我"的身体，移动着，像在描摹"我"的轮廓。"我"的衣服被卷起，露出了后背。那只左手打在我的皮肤上，一次，又一次。雪白的背部印下了好几个红色手印。"我"回过头，眼神像在责怪我。那双湿润的眼睛又一次吸引了我的目光——

这里是"里世界"，是我们遭遇"山之件"时的情景。毫无疑问，我刚才是从鸟子的视角看到了过去发生的事。

——原来如此。不一定非得是有镜子的地方。

因为眼睛就是映出一切的镜子。

因为身边有鸟子，她就如同一面镜子，时时映出我的身影。

在我的大脑某个角落思考着这些时，光景仍在不住地变化。

从鸟子手里接过一捆万元大钞时，反应可疑的我。

在点菜点过头之后，努力消灭这些菜的我。

一边抱着鸟子，一边把霰弹枪架在阳台栏杆上射击的我。

坐在军用车辆上，一脸紧张地盯着前方的我。

频频移开目光，穿着泳衣的我。

烧烤店里坐在对面座位上，不满地把头扭向一边的我。

倒在地上，因为痛苦而脸色苍白，但仍然认真注视着木制小盒的我。

在屋顶上等电梯时，目瞪口呆地回望着鸟子的我。

在电车上并肩坐着，拈着有些长的头发的我。

被绑在椅子上，一脸难以置信地抬头看着鸟子的我。

紧抓着鸟子哭花了脸，号啕着什么的我。

在温泉旅馆的更衣室里，神情紧张地脱下衣服的我。

漆黑一片的酒店客房里，站在不出水的洗脸台旁漱口的，憔悴的我。

打开装着小刀的礼物盒，瞪圆了眼睛的我——

没有声音也没有气味，只有一幕幕光景，但我切实地感受到了。

仁科鸟子，她早已把我当成了最重要的人……

不，我知道的。我早就知道。也曾听她本人亲口说过，现在才说知道未免太晚。

真是，怎么说，真的。鸟子她把我当成了真正的家人。

鸟子眼里的我，可爱，强大，可靠，聪明，又让人放心不下……

比我想象中的自己要更有魅力。

如果只是和我的自我认知相差甚远倒也罢了，用一句"看走眼"就能应付过去。但与此同时，鸟子也看到了我所有坏心眼的时候、出丑的时候、狼狈的时候、扭曲的时候，她都知道。

她知道，并且接纳了我。

说实话，我实在是败给她了。

虽说鸟子不想让我知道她眼中的我是什么样的，但知道后反而是我受到的冲击更大。

这么多的温情，我能全部收下吗？

这么多的温情，我有能力回报吗？

刚才我也从鸟子的视角，看到了女子会第二天早上的零星情景。我泡在漂浮着鲜艳扶桑花花瓣的浴缸里发着呆。视野里出现了鸟子的手。她伸出手似乎想确认下我的情况，我却呆呆地没有任何反应。鸟子似乎是怕打扰到我，无力地把手收了回去。

然后，出现了刚才的情景。

走出食堂，大步向前的鸟子视角。我一脸困惑地跟在后面，两人在电梯厅里并肩而立。她看着我的侧脸。我表情茫然，根本想象不到鸟子此刻的感受。这时我脑子里也不过是"又生气了，真难办"之类的想法。鸟子走向楼梯，大步冲下楼。视线模糊了。她跑到一楼，推开门走了出去。她低着头，视野被柏油路占据。泪水一滴一滴地掉落在路面上。

——我真是个笨蛋。

还以为鸟子一定是生气了。

她没有生气。鸟子是在伤心。

因为我避开了她的靠近。因为我明明知道她的心意，却还在胆怯地逃避。

手里的电话振动着开始作响。我飘远的意识又回来了。不知何时起，镜中那个有着螳螂般长长手臂的人影已经站在了我身后。

我的心境已经变了，不再惧怕自己这副丑恶的姿态。

低着头的人影在我脑海中悄声说。

你要怎么办？我的分身。

今天我的手和脚好像有点奇怪哦……

"鸟子知道我所有见不得人的地方，但她没有丢下我离开。真是搞不懂，对吧？我该怎么面对这样的她？"

没有人回答。

"我也想像鸟子一样，不带有任何顾虑地对朋友真心相待。但一直以来孤身一人的我，总是在试图逃避鸟子对我的依赖和守护……嗯，不要再害怕被人抛弃，勇敢地去接受别人的好意吧。"对鸟子的这份回应一旦说出口，反而变得愧疚起来。情绪上头，脑袋有些发痒。我挠着头发叹了口气。

"要是我当时更认真对待这件事，多想一想就好了……"

我自言自语着，身后的人影抬起头来。

不是……我的脸。是一个陌生的女人。

她不是我的分身！

"哈？谁？！"我浑身一震，脱口而出。

螳螂女从背后抱着我，压在我身上。

"噫——"

我下意识地举起右手的马卡洛夫手枪向身后开了一枪。虽然根本没有瞄准，但因为离得近，还是迎面击中了螳螂女。

"好痛！我的耳朵……"

没来得及思考就在自己的脸旁边扣下了扳机，我的右耳嗡嗡作响。镜中的螳螂女以夸张的角度向后仰去。但她没有倒下。为了看清敌人的真面目，我再次用右眼看向镜子。

就在我的正面，有一个手印。

是一个突兀的孤零零的手印，就像有人从镜子内侧把手贴在镜面上一般。

——是鸟子的手！

我把枪揣进大衣兜里，用右手触碰了那个手印，能感觉到不是坚硬的镜面，而是柔软的掌心。我连忙握住那只手，那只手也回握住了我的手。玻璃镜面变得像一片水面，我们十指交缠，我的手没入了镜面当中。一股拉力将我拉了过去——

"噗哈！"

"空鱼！"

下一个瞬间，我发现自己正和鸟子在一起，左手还拿着铃声大作的手机。

我抬起头，一脸如释重负的鸟子正在咫尺之遥的地方低头看着我。

"我、我回来了……"

"欢迎回来，空鱼。"

回头看时，无论是房间里还是镜中都只有我们两人。

——不，不只有我们。一只不知道从哪里进来的黑色螳螂正站在镜前紧盯着我。我瞪了它一眼，螳螂败下阵来，调转方向顺着墙根溜走了。

我挂断了电话，周遭突然变得寂静。

"我闻到了火药味，你开枪了？没受伤吧？"鸟子一脸担心地问道。

我凝视了她一会儿，深吸一口气，用力抱紧了她。

"对不起，鸟子。"

"干、干吗？怎么了？"

"对不起，让你伤心了。"

回想起来，在我伤心时鸟子总会抱住我。但我却一次也没有主动拥抱过她。

在明白了她的心意之后也没有。

我真是太差劲了……

之所以抱住鸟子，还有另一个理由。我不想让她看到自己的脸。

看了鸟子视角下的自己之后我才发现，迄今为止，我都以为自己把情绪隐藏得很好——

但完全不是这样，我的喜怒哀乐全都写在脸上。

鸟子眼中的我和我的自我认知有着不小的差别，这是其中最令人惊讶的一点。

没想到迄今为止我用来搪塞鸟子的每一句话，全都被她看透了。

"我们约好的，你可以打我了。"

"欸……？"

我避开鸟子的目光，再次用力抱紧了她。

Otherside Picnic

档案18
迷家独处

1

"有狗。"

鸟子突然开口说，于是我停下记笔记的手，抬起头。

"狗？"

"那边的，不是狗吗？"

鸟子望着斜坡的东侧。我把铅笔搁在笔记本上，绕过 AP-1[①]，站到鸟子身边和她一同俯瞰山脊线下方的景色。

眼前是一片紧贴在泥土表面的枯草，还零星留着些薄薄的残雪。现在是三月的第一个周六，"表世界"的积雪已经消失得无影无踪，但在"里世界"还留着。从我们所在的山丘向下望去，斜坡尽头是长得很高的茂密草丛，看着像是禾本科植物，其间四处遍布着些大水洼。

我顺着鸟子手指的方向望了一会儿，但没看见任何会动的物体。

"狗在哪里？"

"刚才还在动的……"

---

① 一台红白相间、带着小履带的农机，从《里世界郊游③：山的气息》开始出现。

鸟子举起望远镜，我也抬手挡住光线，眯起眼睛看。本来想着既然鸟子有望远镜，自己就不必买了，看来这种时候还是不方便啊。每次都端起步枪用瞄准镜看也很麻烦。

　　"咦？不见了。在哪儿来着……"鸟子一边左右移动着望远镜一边说，"咦？是我看错了？"

　　"是吧？我们几乎没有在白天的'里世界'里看到过生物——"我正说着，一阵强风拂过。

　　远处的草丛随风起伏，有什么露了出来。

　　"啊！"

　　一瞬间，我以为那是个四肢着地，全身赤裸的人，吓了一大跳。因为那生物的体格和四肢的长度都和人类差不多。

　　黑色的双眼在阳光下闪闪发亮。它也在看着我们——正在我这么想的时候，它动了。它摆动着长长的四肢快步跑起来，转眼间就消失在了草丛中。

　　"你看！看到了吧？！"

　　受到鸟子兴奋情绪的感染，我也提高了声音。

　　"有，有的！有什么东西在！"

　　"我说，那是狗吧？"

　　"是狗……吗？你用望远镜看到了？"

　　"没看清……但我觉得应该是狗，它有鼻子又有耳朵。"

　　"我觉得大部分的动物都有鼻子又有耳朵。"

“空鱼你看着像是什么？”

鸟子的问题让我陷入了思考。只看到了一瞬间，又离得那么远，就算努力回忆，脑子里出现的也只有模糊的片段。

“我想想……要说是狗感觉又大了点。”

“那是狼吗？”

“不，感觉要更瘦削……有点像鹿？”

“鹿的皮毛颜色要更偏向棕色吧，我这边看过去它有点发白。”

“不是因为光线问题吗？确实是偏棕色的吧，它都躲进枯草里面了。”

山羊、小马、褪色的猎豹、瘦巴巴的野猪……我们俩猜想了许多，但因为最关键的那部分记忆很模糊，也没法验证。总之，它的确是某种动物，那四肢着地的敏捷动作不是人类所能做到的。

我们又观望了一会儿，看它会不会再出现，但远方只有被风吹动的草丛和空中飘动的云彩。一直待在原地让人浑身发冷，我们放弃观察离开了那里。

我回到 AP-1 旁，打开放在车身上的笔记本。这是一本野外也能用的防水笔记本，B6 大小，用所谓的 yupo 纸①制成，摸起来滑滑的，但写起来很流畅。

我在地图上的对应位置写下了一个“犬”字，并打了个问号。

① 一种合成纸，主要由聚丙烯制成，内含碳酸钙，具有耐水、不易破的性质。

"就写这个？"在一旁看着的鸟子不满地说。

"还有什么能写的？"

"画点东西上去呢？"

"没必要吧。"

"可是我们在这里写的字，回去不就看不懂了嘛。"

"……"

我忘了。

"对吧？所以，快画吧。"

得意扬扬的鸟子靠过来，散发出一股莫名的压迫感。不知为何我有些不服气，把本子和铅笔递过去说道："鸟子你来画吧。"

"欸？明明人家想看空鱼画的来着。"

鸟子一边抱怨一边接过笔记本唰唰画了几笔，又递还给我。她在我写的"犬"字左上角加了一个点，又在下面分叉的地方画上了舌头，看着倒也还有几分像狗。

我默默盖上笔记本，合上笔盖，把它们塞进冲锋衣的内袋里。

"不说点什么吗？"

"敷衍。"

"好过分！"

"因为一半以上都还是字啊。"

"看着不像狗吗？就是画啦。"

鸟子的态度很强势，回过头想想我也有些分不清了。本身汉字就是象形文字，那什么样的算是画，什么样的又算是文字呢？

"算了，就这样吧。回到'表世界'这个字会变成什么样呢？让我们拭目以待。"

"OK，要是还是画，你可要请客。"

"要赌这个吗？话说回来，请什么客啊？"

"本来想让你付庆功宴的钱的，还是说其实什么都可以？嗯——那要选什么好呢？"

"劝你三思而后行，要是变成了其他东西，付钱的可就是你了。"

离开前，我们再次回头看向在风中漾起涟漪的草原。

刚才我们看到的，真的是动物吗？

一到晚上，"里世界"就会突然充满各种生物的气息，但白天却什么都没有。我也曾多次见过远处有动静，但难以判断那到底是生物，还是被风吹动的垃圾，抑或"里世界"某种特有的自然现象。

而且，我们也从未在"里世界"遇到过正常的生物。误入如月车站时追赶我们的人面兽、运输用机器人踩中变异点后变异而成的"移动绞架"，还有"件"……或许刚才的生物其实也并不是动物，而是更加瘆人的存在。

鸟子似乎也和我想到了一块，她从 AP-1 的架子上取下 AK，看了看弹夹，端着枪上了车。

"空鱼，能拜托你开车吗？"

我点点头。万一那只动物似的东西想袭击我们，还是让鸟子拿着枪比较让人放心。

我坐上驾驶座，启动了 AP-1，柴油发动机发出轻快的轰鸣，随之从排气管里冒出了白烟。

这是一座南北走向、上下起伏的山脉。我们从西侧的坡面登上了山脊，确认四周的地形。北侧是一片树木繁茂的山地，看着像一个脸朝下趴在地上的人，南侧是一成不变的连绵丘陵。我把视线投向来时的方向，只见开阔的草原中间，闪动着一簇突兀的篝火。那到底是不是真正的篝火呢？我不敢确信。这是通往"牧场"的入口之一——在篝火的四周，散落着类似小动物骨骼的物体，上面缠绕着蛛丝。因为看上去散发着不祥的气息，我们对那里一直敬而远之。明明附近一个人也没有，篝火却一如既往地燃烧着，与上次来时无异。当然如果有人在添柴那也挺吓人的。

我们正位于……不知道什么地方。这里与已知的"里世界"地图有着怎样的联系，现在也毫无头绪。而我正为了弄清自己身在何方，在笔记里记录下周边地形和地标。

我用罗盘再次确认完方向后启动了 AP-1，目标是北面的山坡。去到高处，或许能把附近的环境看得更清楚些。

今年以来，进入"里世界"已经是第三次了。大学春假期间虽然行动方便，但冬季的"里世界"遍布经久不化的积雪，我们过了好些时候才得以重新启程冒险。

二月初时这里还是冰天雪地，当时我们能做的只有检查自圣诞节以来一直被丢在原地的 AP-1 是否完好。直到二月中旬，积雪终于开始消融，于是我们尝试挑战将 AP-1 开回"表世界"。车子顺利通过"门"，回到了"牧场"的房间里。

在那之后出了问题。

AP-1 全长 2.2 米，宽 1.53 米，高 1.86 米，房间狭窄的入口根本不足以让它开进走廊。

但我们无论如何都想克服这一困难。在"牧场"，同一栋建筑里有着好几个通往未知地点的"门"。如果能让 AP-1 在这些"门"之间自由穿行，我们的探险会变得轻松许多。

我们也考虑过自己动手砸开墙壁，拓宽房间入口，但最后还是没能做成。哪怕真的成功了，上下楼梯又是一个难题。这栋建筑有三层，每层都有"门"。

束手无策的我不得不向汀求助，问他能不能在房子里动工。

"我想让 AP-1 能在房子里的所有'门'之间移动。"

如实说出自己的想法后，有几秒钟，汀默默地看着我。或许他心里感到无语，但并没有加以阻止，结果相当顺利。我们不仅拓宽了所有有"门"的房间入口，还计划加装电梯方便上下楼。原本汀打算利用重型设备搭一个斜坡，以便车辆从布有"圆洞"的地下室出来，但这个计划尚未实现。所以在斜坡建成前加装电梯的计划被暂时搁置，汀先帮我们拓宽了各个房间的入口。

令人意外的是，前来动工的竟然是 Torchlight 公司的接线员们。总觉得四下里都是熟悉且粗犷的外国面孔啊……正想着，Torchlight 的社长笹塚前来打招呼，我才终于恍然大悟。

"在日本做私营军事公司的活，如果能同时经营一家建筑事务所，干很多事都会方便许多。"

以上是笹塚的说辞，她还给了我一张写着"灯火土木工程公司"的名片。

在现场，他们也给了我和鸟子头盔、护目镜以及防尘口罩，让我们顶着电钻的噪音和尘土负责望风。不能把他们就这么丢下不管，万一"门"突然开了，可是很危险的。

第一次开工，我们拓宽了位于一楼的两个房间入口。因为没必要考虑美观，完工时间比计划更早。

AP-1 钻出镶着黄色减震橡胶的房门，调转方向沿着走廊驶进了另一个拓宽过的房间。实验成功了。

第二次，我们将一楼所有房门都进行了改造，工程总算告一段落。二楼和三楼就等电梯修好之后再动工了。

这样一来，探险的准备就完成了。于是自圣诞节以来，时隔多日我们又进入了"里世界"。

自那个圣诞节以来……

当时鸟子送的小刀现在还被我揣在口袋里。要是把它精心收藏起来，感觉就不会再有机会使用了，所以我时常把小刀带在身边。难得是一把设计实用的户外刀，况且鸟子也说她专门挑了平时能用得上的东西。

说实话，这份礼物里饱含的情谊过于深切，以至于我这个胆小鬼感到畏缩。但前段时间自己竟然把鸟子惹哭了，这让我大受打击，也觉得不能再这么迟钝下去。尽管不知道自己能做到什么程度，也还没弄清楚自己真正的想法……

AP-1摇摇晃晃地前进着。我一边定时从钉袋里掏出螺丝钉扔向道路前方，一边不断调整前进方向防止发生偏移。鸟子背挺得笔直，观察着山脊左右的动向。每当视线相触，她就对我莞尔一笑。

我不禁收回视线目视前方，集中注意力。刚决定要好好加油就遇到了挑战。鸟子把我当成最重要的人——每当意识到这个铁板钉钉的事实，我心底的某处便会掀起惊涛骇浪。

2

山脊小路不断绵延，最终被枝繁叶茂的针叶林遮挡。别说乘着AP-1前进了，就连步行翻越都很困难。我们顺着西侧的山坡往下开去，试图寻找没有针叶树的突破口。

因为早早就整装出发，现在还是中午十一点。只要不像遭遇"山之件"那会儿发生的时空扭曲，到日落为止，时间还很充分。再加上我们也带了帐篷和睡袋，也可以在"里世界"过夜。

话虽如此，今天我们基本上没有出远门的打算，第一目标无非调查"门"的周边地形以及画好地图罢了。虽然有在"里世界"平安过夜的经验，但夜晚的"里世界"仍然比白天更加危险。避免不必要的露营，能回家就乖乖回家，这点我和鸟子意见一致。

我们沿着山麓前进，像在描摹森林的轮廓。从山坡上沁出的水流汇聚成股，顺着我们前进的方向流去。这是消融的雪水吗？水流停滞的地方堆积着大量落叶，这些落叶让我意识到山上的植被发生了变化。抬头看去，覆盖着山体的树木从针叶树变成了阔叶树，树与树之间的空隙也变宽了。

"空鱼，那里是不是有条路？"

鸟子指着前方。确实，在山腰的坡道上有条仅允许一车通行的小道。看起来 AP-1 倒是过得去……

我们在坡道前停下，暂时先下了车。在前进之前要先探探雪水的深度，万一水下有沟渠就完了。我丢下一个螺丝钉，又用树枝戳了戳，没问题，和看上去一样，是条不足一厘米深的浅溪。

我们蹚过流水，徒步去探查坡道前方的情况。只见一条满是落叶的坡道缓缓打了个弯，贴着峰峦绵延而去。没有看到变异点的银光。从道路两侧的路况来看，落叶下方的地面十分坚实，不像是会崩落的样子。

似乎可以通行，于是我们顺着来时的路折返，乘着 AP-1 上了坡。

履带碾压着落叶，车体下方传来沙沙声。我们一边频频回头确认身后没有异状，一边爬上了山坡。

右手边是长满了光秃秃树木的陡坡，而左手边的坡度也毫不逊色。我们尽可能让车体贴着右侧缓缓前行，以免一不小心滚落下去。和"表世界"不同，在"里世界"的山中，风吹拂时，树枝树叶摩擦的声音显得尤为清晰。因为没有鸟兽虫鸣，显得越发喧嚣。

"总觉得有点害怕。"鸟子轻声说，"虽然'里世界'一直很安静，但感觉进山之后更加寂寥了。"

"不知道有没有像我们一样误打误撞从'表世界'进来的生物？"

"谁知道呢，要是没有，那也太不可思议了。"

"起码植物长了不少。我虽然不太了解植物的种类，但感觉和'表世界'的植物差不多。"树木的浓荫笼罩着小道，我抬头望着那些枝叶说道。

当初在骨架大楼北侧住宅街碰到的植物很明显有些异常，但那一次应该是特例，当时的情况也比较特殊。

鸟子瞄了身后一眼，回过头对我说："刚才我们看到的动物如果真是狗的话，说不定是从哪里误入'里世界'的。我们真的不去救它吗？"

"它要是需要人类的救助会自己过来的吧。反之，它要是饿了也可能会袭击人类，我比较担心这一点。"

"莫非……空鱼你讨厌狗？"

"也不是讨厌……你遇到过真正的野狗吗？它们可是相当恐怖。"

"欸，你被野狗袭击过吗？"

"之前我进入某处废墟时遇到过野狗。或许是因为闯入了它们的领地，一直在对我低吼。现在想来只是些体形很小的杂交品种，但当时的我还是个孩子，也不像现在手里有枪，当时超害怕的。"

"你怎么做的？"

"我知道如果背对着它们逃跑就会被追，于是一边瞪着它们一边慢慢往后退，到废墟外面之后就骑上自行车拼命往前冲。它们还咆哮着在后面追了一阵呢，我差点死掉。"

"骑上自行车的话，就算是野狗应该也不会再追了吧？"

"当时可想不到这些，恐怖的东西就是很恐怖啊。而且它们的眼神超凶的。"

以防万一，我看了看身后。幸好没有什么跟着我们。

"就算刚才看到的真的是狗，说不定是在'里世界'定居的野狗群呢，那可怎么办？要是它们一大群冲过来，可能比一般的怪物都要棘手。"

"那……确实不好办。我也没有信心能立马开枪。"鸟子皱着眉头说完，突然瞪大眼睛，像是想到了什么，"对了，下次我们带些类似辣椒水喷雾的东西过来吧！"

"用来护身吗？"

"没错。虽然要是搞不准风向就会喷自己一脸。"

原来如此，这说不定是个好主意。最好是能不开枪就把敌人击退。

"喷自己一脸也比被狗咬要好。之前我们去的那家户外用品店里好像有卖防熊喷雾，就买那个怎么样？"

"嗯，就这么办吧。对熊有效的话对狗应该也能奏效。"

现在想来，和鸟子谈及这种话题时是最开心的。虽然是关于"里世界"探险的事，却一点紧张感都没有，甚至有些跃跃欲试，聊天也是有来有回，让人心情愉悦。鸟子脑袋很灵光，人又很可靠，拥有我所欠缺的特质，确实是独一无二的搭档。所以，对我而言，我们两人之间的相处是很舒适的氛围。

我正想得出神，鸟子突然说道："啊，也就是说……既然有狗，那也可能有熊咯？"

"你又哪壶不开提哪壶。当然，是有这个可能啦。"

"对吧？"

"不，慢着慢着。说到底有没有狗都还不一定呢，要像你这么说，任何动物都可能存在。"

"嗯，也是啦。"

"是吧？说到底，我们在'里世界'连其他人类都没怎么遇到过——"

话音未落，宛如算准了时机一般，某种声音传来。

那是从远处传来的短促清脆的破裂声。声音在山间不断回荡，逐渐减弱，我们俩惊讶地面面相觑。

"刚才——"

见我开口，鸟子点了点头。

"是枪声。"

我熄灭引擎，停下了 AP-1，就这么一动不动地倾听了一会儿。

只能听到枝叶摩擦声和下方潺潺的流水声。风翻动着地上的落叶。

"只开了一枪？"

"好像是。"

"你能听出是什么型号的枪吗？"

"这有点难……"

"是从很远的地方传来的吧？"

"我是这么觉得的。"

除了我们之外，"里世界"还有其他人吗？此前见过被"扭来扭去"[①]袭击的不明尸体，也见过在"里世界"生活了数十天的肋户，还有被困如月车站的美军士兵们，有人其实也不奇怪。但当这一暂时被自己抛诸脑后的可能性再次浮现，还是让我有些不安。

要是狗或者熊倒也罢了。如果这里存在着一个持枪的人类，可能是一个巨大的隐患。"里世界"是只属于我和鸟子两个人的地方，我不希望有其他人存在。

"该怎么办？"鸟子问。

我沉思了一会儿。

如果我们遇到的人类是敌人怎么办？虽然上次肋户表现得比较友

①　摇摇晃晃的白色人影，直视它会令人精神失常。在《里世界郊游：两个人的怪异探险档案》中出现。

好，但不一定每一次碰到的人都是如此。最糟的情况下，双方可能会
交火——

——我是不是想法太悲观了？

或许我应该冷静一点。对方可能也像我们一样，是一名探险家。

但，万一对方脑子已经不正常了呢？

万一他像如月车站的美军一样，把我们当成"里世界"的怪物呢？

嗯……

"要是遇到其他人……我可不想被枪击啊。"

"那我们把自己打扮得醒目一点？"

"硬要说的话，我不想做先被发现的那一方。"

AP-1 的车体被漆成了红白二色。红色在野外非常显眼，利于防
止被误射，但一点都不适合隐蔽。

"鸟子觉得呢？"我问道。

鸟子马上做出了回答。

"风险肯定是会有的。就算我们能把车涂成其他颜色，但比起颜
色，噪音的问题更大吧。"

的确。在"里世界"，AP-1 的引擎声非常明显而突兀，一旦距
离缩短到一定程度，对方马上就会察觉到我们的存在。

"我们要隐蔽到什么程度，取决于要低风险还是要高效率。要做
到真正意义上的小心谨慎，我们可能要放弃 AP-1，穿上迷彩服，在
脸上涂满泥巴匍匐前进了。空鱼你想做到那份上吗？"

我摇摇头。

"对吧，就算做到那份上，也不知道能不能避开那些人类以外的东西。"

"也是……我明白了。总之先这样前进吧。"

"OK."

我们发动 AP-1，再次出发。

此前一直缓缓向右折行的坡道突然出现了一个大拐弯。坡度倏然变陡，引擎声响亮起来。看得出 AP-1 在努力攀登。一口气攀上这个短短的陡坡后，眼前出现了略为开阔的另一条道路。

这是一条铺好的柏油路，路面上坑坑洼洼，勉强容得下两车并行。靠山的那一侧耸立着长满青苔的护墙，靠近峡谷的那一侧则是一排肮脏变形的护栏。

我们暂时停下车，查看道路左右两侧的情况。因为山路拐弯，靠近峡谷那面又长满了树木，两边的视野都不甚清晰。向右走的话又绕回原来的方向了，于是我们选择了左边那条路。为了在返程时能找到来时的道路，我们用园艺支撑杆缠上荧光胶带做了个标记才继续前进。

这处山脉呈东西走向，我们不断向西前进，离刚才看到狗的山脊越来越远。现在脚下是向上的缓坡，我们原本的目的是去到高处观察四周地形，但路旁的护墙绵延不断。有没有什么岔道能去往更高的地方呢？

我怀着这样的想法开车向前驶去，前方道路映入眼帘。只见靠山侧的护墙出现了一处凹陷，像被切走了一块。

我还以为是岔路，靠近一看并不是。那是一段被护墙环绕的水泥阶梯，阶梯下方放着一块公交站牌和一把古旧的木制长椅。

我们把 AP-1 停在了站牌前。站名和目的地都看不清楚，并不是文字本身的问题，而是因为站牌已经被太阳晒得泛白褪色。公交的时刻表也一样，只能勉强看到几条横线，从透明塑料板缝隙间渗入的雨水让文字完全晕开了。

鸟子弯下身，盯着时刻表。

"从墨水晕染的位置来看，似乎是早晚各有一班的样子……"她直起身子，看向道路前方，"你觉得还会有公交到站吗？这里。"

"哪怕有，也绝对不能上去。"

手表显示现在是正午。时间刚好，我们便决定小憩一会儿。我们在长椅上坐下，点燃了小型煤气灶开始烧水，等待水沸腾期间，我掏出笔记本和铅笔记下了迄今为止走过的道路。等到弄清楚这里和已知地点之间的位置关系后，再把这些信息整理到那张大的纸上。

水烧开后我们关了火，泡了速食汤。我喝的是纯豆腐大酱汤，鸟子喝的是蛤蜊奶油浓汤。这是我们临走时在便利店买的，还买了饭团和鱼肉肠。饭团的馅料是明太子、鲑鱼、梅干和海带。尽管标签上印刷的文字已经成了乱码，但从包装的颜色和图片上还是能分辨出口味。我正纠结着要吃哪个，鸟子说道："我们对半分吧。"

"还有这招。"

于是我们用湿巾擦干净双手，分着吃了饭团。"把海苔压进汤里吸饱汤汁会变得很好吃。"听我这么说，鸟子羡慕不已。

"真好啊，我买的是蛤蜊奶油浓汤口味，要是有面包蘸着吃就好了。"

"这个口味和米饭应该也挺搭的吧？毕竟是海鲜。"

"我来试试看吧。"

"好像挺好吃，又好像有点怪怪的……"鸟子一边品味蛤蜊奶油浓汤饭，一边抬头望天，嘴里嘟嘟囔囔，看起来有点好笑。转念一想，其实鸟子经常露出这样傻乎乎的或奇怪的表情。

吃完饭，我们又烧了些水泡了速溶咖啡。为了消食，我们端着杯子站起身，打算四下走走。我穿过马路，越过护栏向山崖下方望去，林中闪耀着变异点星星点点的磷光，但没有任何会动的物体。透过这片树林，能不能看见那簇海市蜃楼般的篝火呢？

我回过头，一边喝咖啡一边向上看。

"哦？"

"怎么了？"

"上面好像有什么东西。"

鸟子也凑了过来，和我一起向上张望。护墙上方是一片树丛，树丛深处有一处平滑得有些突兀的物体表面。

"像是屋顶的样子。"鸟子盯着望远镜说道。

"让我也看看。"

我借用她的望远镜看去，枝叶的另一端的确能看见瓦片屋顶的一角。

尽管在发现阶梯时，我已经决定要去上面看看，但一旦知道近在咫尺的地方就有一栋建筑，还是不由得感到一阵紧张。

我们喝完咖啡，收拾好垃圾后，把AP-1停在了阶梯下方，还披上蓝色防水布防止它被雨淋湿。竟然把车停在公交站旁，这要是在"表世界"可会被大骂一通。

检视完身上的装备，我们再次抬头望去，阶梯狭窄陡峭，水泥表面上覆盖着绿色的青苔。

因为在视力上有优势，所以由我来打头阵。我把步枪背在身后，四肢着地小心翼翼地向上爬，到达最上层阶梯后伸出头观察情况。

"OK，什么也没有。"我向身后说道，于是鸟子也跟着爬了上来。

阶梯的上方，是一条几乎被野草淹没的土路。下次还是买把割草用的柴刀吧……我一边暗自在购物清单中记下一笔，一边用步枪拨开路上的枝叶向前走去。前方出现了一条笔直的小道，两侧是绵延不绝的高耸围墙。

围墙由砖砌成，看上去很古老，大约两米高。最上方铺着瓦片。墙上每隔一段距离就有带孔的装饰砖，似乎能窥见墙内的情况。

我蹲下身，把脸凑近砖孔。和阴暗的小路不同，围墙对面十分明亮。是一个收拾整洁的庭院，有小桥、池塘和硕大的景观石。铺着鹅卵石的小道两侧种植着树木和花卉。

"嗯？"

我换右眼再次看去，景色与刚才无异。毫无疑问，这是一座庭院。与我们迄今为止在"里世界"见到的废墟和建筑残骸大相径庭，反而让人感觉很不真实。

"怎么了？你的表情怪怪的。"

"鸟子，你能过来看看吗？"

"可以啊。"

我让出位置，鸟子朝里望去，瞪圆了眼睛。

"哇，好漂亮！吓我一跳。"

"是吧？"

"好棒的庭院，没想到'里世界'还有这样的地方。"

"看起来好像也不是变异点……现在明明还挺冷的，竟然开着这么多花，好奇怪。"

"嗯……谁知道呢。"鸟子又盯着庭院看了一会儿，接着说道，"这些花好像是应季的，都是些梅花、水仙、山茶花什么的。"

"是吗？"

"有些我不太认识，但应该都是冬天的花。角落里还留着积雪呢。"

"那就是说，这不是幻觉，真的有个漂亮的庭院在这里……"我抬头望着高墙，"这个能爬得上去吗？"

"你骑在我的肩膀上试试？"

"我们绕着走看看吧，说不定哪里有入口。"

用来做标记的园艺杆都放在 AP-1 上了，于是我们在刚才沿着阶梯爬上来的地方正对着的墙面上，贴了一块荧光胶带后，开始前进。没有线索能帮助判断方向，这次我们便向右进发。我和鸟子都惯用右手，需要开枪时身体右侧有墙壁挡着不太方便。

终于，护墙向左拐去，小路也随之绕了个弯。我们过一会儿便停下看看，但没有发现异样。水流声可能是从附近的河道传来的。

又向左拐了一个弯，往前走了一小段，眼前豁然开朗。

这是一片被松树和杉树林包围的空地，地上铺着鹅卵石。前方，护墙的尽头伫立着一扇巨大的门。

我们小心翼翼地来到门前。粗壮的门柱间是一扇铸铁大门，上面有格子花纹，还缠绕着爬山虎。门大敞着，能看见里面有座宅邸，看起来有点年头了。不知建于明治①还是大正②时期，石灰砖墙上覆盖着瓦片屋顶，是中西合璧的风格。

回头看去，门前的空地正对着一个铺满鹅卵石的陡坡。左右两边树木的浓荫遮天蔽日，明明是白天却十分阴暗，要走上前去感觉还有些恐怖。

沿着高墙再往前走应该有别的路，但我更在意眼前这栋建筑。

"有变异点吗？"

"变异点倒是没看见……"

————————

① 日本明治时期指公元1868年—公元1912年。

② 日本大正时期指公元1912年—公元1926年。

这栋建筑过于像模像样，反而显得瘆人。为以防万一，我决定丢个螺丝钉看看情况。螺丝钉越过大门掉落在院落里，不知为何显得雪白。刚知道"里世界"的存在时，盘旋在我心头的疑念忽然间又袭来。难道其实根本没有什么"里世界"，我现在也不过是发了疯在某个村落里扔着螺丝钉自言自语而已……

鸟子也有些坐立不安地四下张望着。

"我们俩不会是不知不觉间，已经回到了'表世界'吧？"

要是这样，我们俩现在就是正准备非法入侵他人房屋，还违反了《刀枪管制法》，等着被逮捕的现行犯的模样。

我环顾四周摇了摇头。

"要是'表世界'的话，现在应该能听到其他声音。而且这里的氛围也和'表世界'完全不同。"

"也是……接下来怎么办？"

我观察了一会儿门内的情况，没有任何动静。用右眼看去也没有可疑物体。

"进去看看吧，我想知道这里到底是什么地方。"

鸟子点点头。于是我们穿过大门，走进了这处院落。

3

铺满白色鹅卵石的小道上错落分布着一些踏脚石，我们踩着这些石板在庭院中前进。

左右是绿色的草坪，草坪边缘种着白色的水仙花，再往前是黝黑的大景石。道路拐弯处还装饰着满布青苔的石灯笼。庭院里种植着青翠的松树，枝叶十分整齐，就像园丁刚刚修剪过一般。为了防止冬季树木被雪冻伤，有几棵树包着草席，还用竹竿和稻草绳围了起来。

"和平时不太一样啊……"鸟子轻声说。

"'里世界'的建筑一般来说会更破败一些的。"

"嗯，这里太精致了。"

不仅精致，还维护得很好。迄今为止我们在"里世界"见到的，不是"表世界"建筑的"废墟化"，就是像修到一半被丢在某个奇怪地方的"伪建筑"。但这座庭院不一样。每个地方都修整得一丝不苟。

和其他地方不同，这里看起来没有丝毫异样。乍一看甚至有点像与世隔绝的安全地带，我却难以放下心来。明明没有任何危险的预兆，却总觉得如坐针毡……

鸟子突然像明白了什么，小声说道："我知道了……这里没有人的气息。"

原来如此，所以我才会有违和感。换作在"表世界"，走进这样的院落，多少会听见里头住的人发出说话声或者搬动东西的声音等。哪怕听不见，也能从氛围中感受到"里边有人"。

但这里却不是。看着完全是栋有人居住的屋子，但没有一点人气。

我们平安无事地到达了玄关，在拉门前站定。拉门是复古风格，木格子里嵌着磨砂玻璃。上次那家位于西武秩父站的温泉旅馆也有点年头了，但做工和维护的状态不如这栋房子。

"总觉得像电影取景地一样。"

听我这么一说，鸟子也点头同意。

"这也太精致了。说不定里面其实家徒四壁，什么都没有呢。"

"我们去看看吧……"

换作是平时，玻璃对面都是一片昏暗，让人犹豫不知该不该打开，但透过这扇门的磨砂玻璃看去，里面却是灯火通明。反而显得异常。

再次确认房间里没有变异点后，我们打开了拉门。还以为会花一番力气，没想到门就像上了油一样毫无滞碍地滑开了。

三合土地板上铺着石子，前方是有一小段门槛的大玄关。右边则是高度及胸的鞋柜，上面放着绿色盆栽和小小的狗形陶器。

玄关的门槛再往前，视线被一扇屏风隔断。屏风上镌刻着精致的扇子和蝴蝶的模样，木头的纹理清晰可见。屏风后是一条通往更深处的走廊。

我们在拉门外呆站了一会儿。这里是"里世界"，本来应该是可以不打一声招呼就闯进去的，但这栋房子怎么看都不是废墟，而是有人居住的地方。

说起来门口也没有门铃。要是房子里住着人，应该能听见拉门打开的声音……

我犹豫了一番，深吸一口气开口："打……打扰了……"

因为紧张，我的声音听起来很小。鸟子一脸惊愕地转过头来。

"干、干吗？"

"就想说一句……"

"为什么要这么说？"

"打个招呼的意思……"

"第一次听到这种说法。"

"啊，是吗？"

"吓死我了。突然说些奇怪的话，我还以为你已经疯了呢。"

最近确实没怎么听到这句话了。鸟子在国外出生长大，不知道进门要打招呼也很正常。说起来，我自己可能也只在小时候把传阅板报送到邻居家时说过。尽管当时邻居家并没有这么豪华，身处刚才的情境，我还是莫名想起了这句话。

总之，并没有人回应我的"打扰了"。我们让门敞开着，小心翼翼地进了房间。

望着玄关的门槛，我再度陷入了迷茫。房间里地板擦得锃亮，总觉得不能就这么穿着鞋子进去。

"鸟子，你怎么看？"

"什么怎么看？"

"我的习惯在让我脱鞋，但理性又不允许我这么做。"

"除非这里真的住着人，我们才必须脱鞋吧。在'里世界'，这种可能性微乎其微，不是吗？"

"话虽如此，我们也是第一次在'里世界'看到这样的地方。所以我觉得还是要保留这种可能性。"

　　"要是真住着人，应该能找到他的鞋吧。"说着，鸟子拉开了鞋柜，"啊……"

　　"有呢。"

　　鞋柜里整整齐齐地放着一排排鞋子。运动鞋、平底鞋、高跟鞋、男式皮鞋、童鞋款的运动鞋、系带长靴、凉鞋……各色尺寸和款式应有尽有，放得满满当当。

　　"呃，这里住着几口人啊？"

　　"没有吧。这些鞋好像都是全新的。"鸟子把脸凑近鞋柜端详，"看不到使用痕迹，鞋子上都没有污渍或伤痕。"她有些嫌恶地关上了柜子，"这里果然不对劲，我们就这么进去吧。"

　　"嗯……"

　　到底是该假设这里住着正常人，礼貌拜访呢，还是假设会有怪物出现，做好应战的准备呢？我的理性让我遵从鸟子的提议，但……

　　见我踌躇不决，鸟子无奈地说："空鱼你有时在这种奇怪的地方真是有礼貌啊。"

　　"这不是'奇怪的地方'……"

　　"那这么做怎么样？"

　　她从背包里拿出便利店的塑料袋。这些袋子在野外有各种各样的用途，所以我经常备着几个。

"把鞋放在里面，要是有危险我们就赶紧穿上鞋逃跑不就行了？"

"鸟子……你有时候真是太聪明了。"

"嘿嘿，我也觉得。"

于是我们脱下鞋放进袋子里，走进了玄关。

"这种装鞋的袋子，居酒屋里是不是也有？"

"对对对。"

攥在手里的塑料袋晃荡着发出沙沙的噪音，但这也是没办法的事，我只能选择忽视。反正穿着鞋走在木板上也会有踢踢踏踏的脚步声，我们又不是受过潜伏训练的特种兵，蹑手蹑脚也没什么用。

我把步枪背在身后，手里握着马卡洛夫手枪，绕过屏风走向更深处。脚下的地板透过袜子传来一阵寒意。踏进走廊，右边是一面隔扇，左边则是一扇半开的木门。

我敲了敲左边的木门，没有反应。于是我伸手握住门把将门拉开，是一个会客间。中间摆放着一张木制圆桌，旁边环绕着白色的沙发。地板上铺着红地毯，绣着中国风的花纹。房间里还有一扇大窗，上方是一圈藤蔓木雕。天花板上垂下花瓣模样的精致吊灯，墙边是一个橱柜，透过橱柜的玻璃门可以看到茶壶、茶杯等茶器以及小碗、窄口酒壶、酒杯等餐具井然有序地摆放在其中。橱柜上装饰着一枝梅花。

我又打开右侧的隔扇，一股热气从中流泻而出。这边完全是一个和室。铺着榻榻米的房间正中央放着地炉，炭火正旺。天花板上垂下一个吊钩，挂着一个铁壶，在炭火的烘烤下冒着热气。

"在烧热水？"

我们跨过门槛，走进了这个和室。地炉旁摆放着紫色的坐垫，房间一角还有一张黑色的矮桌，上面放着盛有苹果和蜜柑的果盘。

房间另一边的隔扇大敞着，能看见隔壁的光景。是一个铺着席子的大房间，还放有低矮的折叠式长桌。桌上摆满了漆器，黑色的、红色的、描金花纹的，颜色各异。种类也是各色各样，从汤碗到盛放饭菜的多层方木盒、盆子、杯子、插花用的花瓶等不一而足。这些漆器看着都像是高级品，胡乱摆放在桌上，看着不像是装饰，倒像收拾到一半的样子。

"嗯？这……莫非是……"我小声说道。

之前似乎在哪里读到过这样的场面。

我们走到这个摆满漆器的房间深处，打开了另一扇隔扇。里面是一个六张榻榻米大的小房间，壁龛里装饰着一幅水墨挂轴，上面画着山的图案。阳光透过纸拉门，照得屋内微微发亮。榻榻米上放有一个圆形火盆，里面烧着炭，给房间增添了一丝暖意。似乎就在不久前还有谁待在房间里，刚离开不久的样子。

"这里果然有人吧。"鸟子用犹豫不定的口气说。

"我好像知道这是什么地方了。"我思考了一会儿开口说道。

"欸，真的？"

"嗯——这里应该就是'迷家'。"

听了我的话，鸟子疑惑地歪着头。

"迷家？也是网络怪谈吗？"

"不，迷家是更早之前的传说了。"

"迷家"这个传说是在被柳田国男写进《远野物语》后才广为人知的。故事里，体验者在山中发现了一座豪华的宅邸，马厩牛栏里拴着好几头马和牛，庭院里有鸡在溜达，看起来是个大户人家。进了屋子，里面摆放着碗筷，还烧着热水，怎么看都是有人居住的样子，却不见半个人影，他越想越发毛，便逃了回去。这就是迷家的故事，据说有幸误入迷家的话，带走家中任何一件物品或家畜便能获得好运。

《远野物语》是明治时代日本岩手县远野地区一系列怪奇体验谈和传说的汇总，属于日本民俗学古籍。因为不少故事里对讲述者或体验者的名字、生平都有记载，或许它更近似于现代的纪实怪谈集。

听了我的说明，鸟子困惑地皱起眉头。

"呃……我听着，怎么好像从房子里偷东西反而会有好运的样子。"

"嗯，故事里是这么说的。"

"真的假的？这不好吧？"

"毕竟是很久之前的传说了，有些不合理的地方也正常。"

"真让人耿耿于怀。"

"在原故事里，那个发现了迷家的人什么也没拿就回去了。当他回到村落后，从河流上游漂来一个碗，他捡回那个碗之后就发财了。"

"碗……哦哦，所以你看了那些碗之后，才会觉得这里就是迷家啊。"

"嗯。好像说从那个碗里舀米，舀多少都不会减少。"

"这样啊——能省下不少饭钱吧。"鸟子反应平淡，回头看了看摆放的漆器，"那我们要按故事里的说法，拿走一个吗？"

"嗯——我刚刚用右眼看了一下，没有任何发银光的东西，感觉都是普通的碗。拿回去应该也就是一个碗罢了。"

"什么嘛，那我们不就是两个小偷而已。"

我穿过房间，拉开纸拉门。映入眼前的是一个正方形的小中庭，庭院中放着洗手盆，四面被走廊环绕，都是些一模一样的隔扇，似乎可以从走廊去往其他房间。

"这里看似精致，说不定和其他'里世界'建筑一样，只是幻化成迷家样子的假货罢了。"

"那说它像电影取景地，也大差不差吧。"

鸟子走到庭院里，望着被瓦片屋顶圈出来的那片四四方方的天空。流泻的白云在中庭的洗手盆中投下倒影。

"这么精致的建筑，说不定是文化遗产级别了，毕竟是几百年前的建筑风格。"

"是啊……接下来怎么办？要出去了吗？"

"难得来一趟，我想再仔细看看。在迷家里头闲逛可是可遇不可求的。"

"就知道你会这么说！"

听了我的回答，鸟子开心地笑了。

4

于是，我们把迷家（大概是）里的房间挨个看了个遍。

被隔扇隔开的几个小房间像刚打扫完一般明亮且一尘不染。衣橱、衣箱等家具造型虽然古老，但保存得很好，黝黑发亮。四下里装饰着小芥子①、日式人偶、熊形木雕、插花用的花瓶，很难相信这个地方没有人住。

我打开衣柜，里面挂满了和服和布匹。虽然鸟子看起来很感兴趣，但我们俩都对和服的穿法一窍不通，强行拽出来可能没办法恢复原状。所以我们最后还是关上了柜门，什么也没干。总觉得把这么井井有条的地方弄乱是一件很可怕的事。

之后，我们回到了通往玄关的那条走廊，又打开了另一扇门。这边是一个宽敞的西式房间，看起来像食堂。长条状餐桌旁摆着一排带高靠背的椅子，数了数有十把。上方悬挂着水晶吊灯，墙上等距设置的壁灯也做成了烛台的形状。

透过窗户能看见庭院里的树木，我们穿过食堂，打开了另一边的门。看到外面的光景，我和鸟子不由得发出了惊叹。

门后是一间厨房，料理台也好，橱柜也好，都是木质，虽然古老，

①　日本东北地方的一种玩具，圆头圆身的小木偶人。

但一尘不染。锅子、厨具等陈列整齐，橱柜是被固定住的，里面放着一个个装调味料的小壶和香料瓶。头顶挂着成束的香草，散发着隐约的芬芳。房间里有一个铁制的大烤箱，烟囱由砖砌成，直通房顶，看上去用来烤个乳猪也是绰绰有余。阳光透过正对着庭院的那扇窗照进屋内，房里亮晶晶的。

"好好看的厨房……"鸟子轻声说，我也点了点头。

"好厉害，超豪华版无印良品风。"刚说完，鸟子就啪地打了我的手臂一下。

"好痛！你干吗？"

"你能认真点吗？"

"那就是砸了钱的精装版宜家样板房……"

"真是的！"

"都说很痛了！你怎么总是一下子就打人？"

"明明是空鱼你的错。"

"这完全是家暴吧。"

其实看到这个厨房时，最先浮现在我脑海中的，是儿时读过的绘本里出现的光景，但把这句话说出来实在是太难为情了。

"说到底，空鱼你去过宜家吗？"

"……没有。"

"我就知道。你每次都喜欢乱开玩笑。"

"你怎么知道我没去过？"

"没有车的话去不了吧？"

"鸟子你不也没车吗？你去过？"

"去过。"

"哦，这样啊。"

"我们能不聊这个了吗？"

"不是你自己先提起来的吗？"

"明白了，下次我们一起去吧。"

"倒也可以……"

也不知道她明白了些什么。

厨房里还有两扇门，一扇是通往庭院的后门，另一扇通往一条狭窄的走廊。楼梯两侧安装着扶手，到中间平台处拐了个弯，从这里可以上到二楼。

鸟子吸了吸鼻子说："好像有什么很香的味道。"

"你这么一说……"

我探头看向楼梯背面，又发现了一扇门。打开门是一间储藏室，灯泡照耀下，能看见房间里吊着好几块带骨的肉块，看着像某种大型动物的脚。表面已经风干发黄，能看见中间的红肉和白色脂肪。房间里面也挂着些肉干，散发出令人垂涎的香气。

"这是生火腿的原料吗？"

"这座宅子里真是什么都有啊。"

"这么看来，说不定还有地下酒窖呢。"

"绝对有！如果要带走点什么，不如带酒吧？"

"我们连酒窖都还没找着呢……"

好不容易找到了楼梯，我们决定先把心里的小算盘放到一边，去楼上看看。

二楼虽然不如一楼那么大，但也很宽敞。双人卧室、又一间双人卧室、和普通房间一样大的盥洗室、贴着马赛克砖的复古风厕所……当感官开始逐渐对这栋豪华的宅邸感到麻木时，最后一个房间让我们停下了脚步。

整个房间摆满了衣架和柜子，里面全是些各色各样的服装，还有鞋、包、首饰等。都够开家小服装店了。

这就是传说中的步入式衣柜吗……我还在感慨，鸟子已经毫不客气地踏进了房间开始检视这些衣架。真是太没警惕性了……我一边这样想一边用右眼确认房间里有没有危险。突然，鸟子的声音从一开始的"哇哇"感叹变得严肃起来。

"嗯？欸？这件也，还有这件……啊，原来如此。嗯嗯，原来如此。"

"怎么了？"

"空鱼，过来一下。这个很有意思。"

我疑惑地走进房间，只见鸟子从衣架上取下一件衣服猛地转过身，把衣服往我面前一推——是一件白色带小花的连衣裙。

"……啥？"

"嗯……不太对。"

她念叨了一声，又把裙子放了回去。

"你在干吗……"

我话音未落，又一件衣服被杵到眼前。这次是一件薰衣草色的女士衬衫，袖子轻飘飘的，看上去很有女人味。

"……果然不太对。"

"鸟子女士？"

"空鱼，你有没有考虑过换种风格？"

鸟子没有理会我，专心致志地物色衣物中。

"喂，我说——"

"迷家真的好厉害，你发现了吗？"

"你到底在说什么？"

鸟子回过头，手里拿着的第三件，是条成熟风的海军蓝紧身毛线裙。鸟子把这条怎么看都不适合我的裙子塞到我面前，笑眯眯地望着不断后退的我。我越发心虚起来。

"别、别选了……"

"这里的衣服应该都是按空鱼的尺寸量身定做的。"

"……欸？"

我惊愕地低头看向那件毛线裙，是这样的吗？

"这些衣服都是复古风，或者说古着①系的。布料和剪裁都很有

———————

① 日语词汇，专门指有年代的而现在已经不生产的衣服。

质感，在'表世界'买可是很贵的。按这里的规则，如果我想找适合自己的衣服，应该也会出现。机会难得，我们都试试吧？"

"呃……"

"你看，如果我们要带点什么东西回去，比起碗啊肉干什么的，当然是衣服更好吧？"

"刚刚说不能偷东西的是谁啊？！"

"别这么说嘛，来，先把鞋子放下。"

"不是，欸，你认真的？"

"如果你想的话，也可以帮我搭配衣服哦。"

"不不不——"

"来吧来吧，把外套脱掉。"

鸟子步步紧逼，像是打开了某个奇怪的开关，眼神变得和平时完全不同。

"起、起码让我去更衣室——"

我试图挣扎，鸟子竖起食指，像在演戏似的摇了摇。

"这里就是更衣室哦，空鱼。"

这家伙在得意扬扬地说些啥啊？

见我陷入混乱，鸟子夺过我手中的枪和鞋子，脱掉我的外套，像给人偶更衣般摆弄起来。虽然房间里挺暖和的，但连下身的衣物都被脱掉，我逐渐开始觉得冷了。

"阿嚏！"

"你先别动，坚持一下。"

"啊，抱歉……"

我条件反射地道了个歉，但鸟子完全没在听。她盯着我身上带荷叶边的衬衫和轻飘飘的短裙嘟囔着，一副不满意的样子。

"OK，我知道了，脱下来。"

"是……"

"接下来穿这件。"

"是……"

我已经不知该如何是好，只得任由她摆弄。如果气氛变得像泡温泉时一样奇怪的话，倒也可以把鸟子捧飞，但这次好像不太一样。

在一次次换装的"车轮战"途中，鸟子突然停下了动作。

"……嗯。"她一脸严肃，把我从头到脚反复审视了好几遍，终于露出笑容。"完成了。"说着，鸟子牵过我的手，把我带到镜前。

"怎么样？"

你像邀功一样地问我，我也不好说不怎么样吧……这么想着，我看向了镜子。

"……哇。"

镜中的"我"也惊讶地回望着我。"我"身着一件黑白底色，点缀着粉色花纹的中国风连衣裙，短短的立领，腰部收得紧紧的，袖子是七分袖，还戴着蕾丝手套（什么时候戴上的？）。蓬蓬的裙摆长度大概到大腿处，还穿着一双绑带短靴（什么时候穿上的？）。

不，哪里是不怎么样，说实话，非常可爱。先不论穿的那个人，衣服是真的很可爱，而且非常合适。虽然带点动画人物的风格，也有点像 cosplay，但和这幢房子的复古氛围十分相衬。

"怎么样？"鸟子又问了一次。

我呆呆地回答道："非常的……可爱。"

镜子里的鸟子脸上笑开了花。

"对吧，我就知道这样的衣服一定很适合空鱼你的！"

"'这样的衣服'是指？"

"这种可爱的衣服。更轻飘飘的少女风格一点的，你应该也能 hold 住。"

"不不不……"

我在镜前转了个身，靴子踩在木地板上发出咚咚的声音。

好可爱啊……

"喜欢吗？"

"……"

"空鱼？"

"好不甘心。"

"你就坦率点吧。"

"我从小到大从来没穿过这种衣服，总感觉浑身难受。现在可以脱了吗？"

"不行！好好穿着，我也要换衣服了。"

"你也？"

"稍等一下哦，马上就换完。我在给你找衣服的时候也顺便找到了自己想穿的。"鸟子拿过好几件衣服，回头向我说道，"你先把头转到那边去。"

"只有你自己不给别人看也太狡猾了吧？"

"行啦行啦，好——向右转——"

自作主张……

我左右晃着身子，一边把重心交替放在不同的腿上，一边听着身后衣物摩擦的声音。

"……好，可以了。"

回头看时，鸟子也换上了一套我从未见过的衣服。她穿着一件衬衫，连最上方的扣子也扣得严丝合缝，胸前戴着的既不是领带，也不是围巾，而是……不知该如何形容的看起来颇有分量、带着褶皱的布。外面套着一件长外套，颜色是接近黑色的深蓝，上面点缀着醒目的金色纽扣，没有扣起来。下身穿着一件同色的修身长裤，还有一双皮质骑士靴。这身类似旧时军服的搭配让鸟子显得更高挑了。我的衣服也一样，之所以看起来像 cosplay，或许是因为房间里的衣服本身就有种年代感吧。只是房子内部装潢的气派让我无暇顾及这一点。

我正呆望着鸟子，她转过身来，衣角在空中翻飞。

"适合我吗？"

"帅得让人火大。"

"为什么要火大啊？"

鸟子笑了，向我伸出戴着白手套的手。我不由得也伸出手，于是再度被她带到镜前。

"感觉怎么样？"

"什么怎么样？"

"我们俩。"

我看向镜子里并排的那两人，嗯……感觉挺搭的，不得不说，确实是如画般的场景。

"这不是挺好的。"

"对吧？你能喜欢真是太好了！"

鸟子唰地拉起我的手，惯性让我整个人转了一圈，差点没站住，鸟子顺势搂住我的腰。

"欸？什么？啥？"

鸟子微笑着凝视大惊失色的我。

"突然想起之前说过要教你跳舞的。"

"现在吗？！"

"去找个舞厅也行。"

噫……

脸、脸凑得好近。

不知是不是我的错觉，鸟子的声音比平时更低，视线更温柔，唇边的笑意也带着游刃有余的意味。好像因为换了这身衣服而"入戏"

了一般。

而相比之下，我只是穿上了比较可爱的衣服，还是平时的人设。正当我濒临恐慌边缘时，传来了硬物敲击木地板的轻响。

我越过鸟子的肩膀看向房间入口，一只从未见过的生物与我四目相对。我的动作僵住了。

"鸟……子。"

"嗯？怎么了？"

我无法移开视线，只能拼命用表情示意，于是鸟子也回过了头。

"欸？"

门外有一只动物。大约八十厘米高，四肢着地，身体上覆盖着浅色的长长毛发，四肢细长——或者说，整个身躯都很单薄。它的鼻子很长，正微眯着黑眼睛紧盯着我们。

"是刚才的狗！"鸟子小声说。

"这是狗吗？！"

"我见过有人带着它散步。"

虽然眼前的动物更大、更长、更单薄，但这么一说，确实可能是狗。和我们方才在远处草丛中看到的生物也的确有些相似。

这只狗没有叫，但也没有向我们示好，只是一动不动地看着这边。应该是在警戒着我们，但看不出有没有敌意。要是它突然飞扑过来也很可怕。我们不知该如何是好，正面面相觑时，突然传来了说话声。

"——小花，怎么了？"

脚步声由远及近，一名瘦削的年迈女性出现在了狗的身后。她花白的头发扎着马尾，身穿鲜艳的橙色迷彩夹克，肩上还挎着枪，一身猎人打扮。

看见我们，老妇瞪圆了眼睛。

"哎呀，这……"

我和鸟子都吓得说不出话。在宅邸里探险的过程中，我们已经习惯了空无一人的场景，早把户主出现的可能性抛在了脑后。

"没想到会有客人来拜访，真是少见。"

我猛地回过神来，连忙说："啊，那个，难道说您是这栋房子的住户吗？"

"是的。"

"抱、抱歉！我们还以为这里没人住呢……"

"哎呀，没事的。不用介意。"

"但……我们擅自闯进别人家，还把衣服弄得一团乱。"

"没事没事，真的。因为——"老妇恶作剧似的笑了笑，"这里也不是我的家。"

5

这名自称外馆的老妇把我们带到了楼下。

"鞋子可以不用脱，衣服也是。你们俩的打扮都很合适哦。"

"真、真的吗？我们还穿着鞋呢。"

"没事。你们是从那边的玄关进来的吧？这边的入口是西式的，穿鞋进来也没关系。这幢房子的构造很奇特吧？"

鸟子把聊天的任务交给了我，自己一言不发。虽然她一副若无其事的样子，但我知道，这是她一如既往的怕生模式。

我虽然有些踌躇，但以防万一还是用右眼稍稍确认了一下。无论是这名老妇，还是她的狗，身上都没有银色磷光，也没有在右眼的注视下露出怪物的原形。那只狗瞟了我一眼，我慌忙移开视线。它感受到了我的目光吗？真不愧是狗，直觉很准。

我们跟在外馆女士和狗的身后来到了通风的大厅，又顺着旋转扶梯下到了一楼。这里的大理石地板上铺着胭脂色的地毯，还有一扇厚重的双开门。要是当初我们进的是这个大厅，可能也不会犹豫要不要脱鞋了吧。

外馆轻车熟路地穿过大厅，打开了另一扇门。这个房间像一家小咖啡厅，有一整面的玻璃窗，还摆放着一套圆桌和椅子。暖炉里烧着火，房间里暖洋洋的。

"请坐。稍等一下，我来泡茶。"

"您不必费心……"

她去了另一个房间，留下那条狗趴在暖炉前，把下巴搁在前爪上。趴下来之后看起来就更长了，鸟子望着它问道："刚才那位老婆婆叫它什么来着？"

"你是说名字吗？好像叫小花。"

"小花，小花——"

听见鸟子叫它的名字，狗看了我们一眼，又马上别过脸。

"看来它没那么好哄。"

"长得挺聪明的样子。"

"感觉只会对自己的主人摇尾巴呢。"

虽然小花看似放松地伸展着身子，但能感觉到它正在留意着我们的举动。要是这两个外人做出什么可疑动作，它大概瞬间就会跳起来吧。我从未与这样的大型动物近距离接触过，总觉得有些紧张。

这时，外馆女士端着托盘回来了。她卸下了枪，脱去了那件橙色外套，只穿着一件松松垮垮的毛衣。

"太好了，刚好做了些草饼^①，不知道合不合你们的口味。"

"哇，那我们不客气了。"

草饼的形状有些歪歪扭扭，看着确实像是手工制作的。因为放在漆器里，还摆着几根牙签，看上去很高级。

方才不知对方是敌是友，我还有些警惕，但现在看来是个正常人。外馆先吃了一口，于是我也用牙签分了些吃起来。

好好吃！

艾蒿叶的清香在口中蔓延，我不由得和鸟子对视了一眼。这吃起

---

① 艾蒿叶制成的糯米点心。

来可不像有毒的样子。真的是手工制成的吗？那做的人水平还挺高。

同时泡好的热煎茶非常甘甜，和草饼正相配。

外馆一脸惬意地啜饮着茶水，我开口问道："那个，外馆女士，您是住在这里吗？"

"是的。"

"但您刚才说这里不是自己的家……"

她抬起眼睛，思考了一会儿说道："确实……你们知道迷家吗？"

鸟子讶异地看向我，我点点头。

"知道。"

"哎呀，那说起来就简单多了呢。"

"我们发现这里时，也觉得是迷家。"

"一般人是会这么想。"

鸟子凑近我小声问："那个迷家这么有名吗？属于一般性常识？"

"不……不是吧。"

"我在小时候听过这个故事，所以还记得。"外馆说，"我是去山里打猎时迷了路，回过神来就已经到了这里。你们看我刚才的打扮可能已经发现了，我是一名猎人。在这里，我发现了这座房子。当时我喜出望外，想着能问个路，但这里一个人也没有，一开始我以为他们只是外出不在，就等了一会儿，但也没人回来。于是我逐渐意识到了，这里原来就是传说中的迷家。"外馆用牙签在空中画了一个圆，接着往下说，"迷家的故事里不是说，从房子里带走任意一样东西就会变

得幸福吗？但如果带走了什么，大概之后就回不来了。"

"也是，按照传说来看确实是这样。"

"对吧？要是这样就太遗憾了。我啊，还挺喜欢这个房子的。虽然结构有点奇怪，但总之，尤其是做饭的地方，真的很棒。"

"啊，那个厨房……"

看到鸟子下意识的反应，外馆露出了孩童般欣喜的神情。

"你也看到了吗？是吧，是不是很棒？那样一个房间……简直像梦中，像绘本中出现的理想厨房一样，我完全被那个地方迷住了！"

"所以……您就在这里住下了吗？"

"是呀。"

外馆有些不好意思地点了点头。

我惊呆了。把迷家当作自己的家，竟然会有人产生这种想法？！连我也没能想到这层深意。

"你们呢？也是迷路来的？"

"不，我们是来这个世界探险的时候发现这座房子的……"

"探险！哎呀呀，听起来真开心。那就是说，你们不是迷路，而是自己过来的？没想到还能自己过来这边。"

我和鸟子对视了一眼。

"莫非您来了之后，就没有离开过？"

"是的，因为我觉得回去之后，就来不了了。"

"和我们结伴同行的话，就能回到原来的世界。"

对鸟子的提议，外馆略微思考了一会儿才回答。

"也是，要是之后我有什么非做不可的事，到时候就拜托你们了。但我本来就常年独自生活，也在这里找到了自己理想中的家，对之前的生活没有太多留恋。不过还是谢谢你们。"她看了看我们身旁放着的枪，恍然大悟地说，"一开始我以为你们也是猎人，原来如此，那些其实不是猎人的装备啊。"

"何以见得？"

"你们两人的枪都是火力很强的步枪。这把是自动步枪吧？军用的。"

"是、是的。"

"这把看上去不像是气枪，这是？"

"是我捡到的……在这边。"

准确来说，我的 M4 是从美军士兵那里顺来的，鸟子的 AK 则是肋户留下的遗物，但说来话长，就不提了。

"哎呀，原来是这样。"没想到外馆很干脆地点了点头，"我也捡到过好几次，不管是枪还是子弹。大概是和我一样，误入这里的猎人遗落的吧。那些人现在都怎么样了呢……"外馆的声音低了下去。

她对我们公然违反《刀枪管制法》的行为没有提出任何异议，反而令我感到不解。因为日本针对狩猎制定了严格的法律限制，还以为她对枪械的使用会抱以非常严谨的态度呢。

小花吸了吸鼻子，在暖炉前换了个姿势又不动了。可能是只有一边烤得到火，有点热了吧。

见我们的注意力被小花吸引，外馆微微一笑。

"我不在的时候它有没有朝你们叫？小花还挺凶的。"

"我第一次看见这种狗，这是什么犬种？"

"因为没有血统证明，我不太确定，但应该是波索尔犬。"

她语气含糊。大概是和我一样感到不可思议。

"您是她的主人，却不知道犬种吗？"鸟子开口问道。

"不是的，我不是她的主人。"

"欸？"

外馆对迷惑不已的我和鸟子进行了一番说明。

"我是来到这里之后才遇到小花的。因为它戴着项圈，可能是和主人一起误入这里的，我没找到它的主人，但在附近有一件被撕得破破烂烂的猎人背心，大概是被熊袭击了吧。"

"这里有熊之类的吗？我从来没在这里见过动物。"

"有呀。我虽然还没猎到过熊，但打到过很多动物。"或许是因为我和鸟子露出了过于怀疑的表情，外馆又继续解释道，"要想找到藏在山林里的动物是非常难的。就连猎人也要费一番力气，没有受过训练的人可能发现不了吧。"

"但我们也没听见昆虫或者鸟叫声……"

"那倒是，这里有些过分安静了，常让我感到不安。但昆虫和鸟也是有的，它们都安安静静地藏在某些地方。"

"夜晚以外的时候也是吗？"

"等你们的眼睛习惯后，白天也能逐渐发现它们的。它们隐藏行踪的方法有些不寻常，就像是躲进了肉眼视线的死角里一样……我说不太好。"外馆不耐地挥了挥手，回到方才的话题，"我把虚弱的小花带回房子，给它饭吃，因为它的项圈上刻着一朵花，我就叫它小花。"

她用慈爱的眼神望着小花说，小花也抬起头回望着她。人与狗的目光交会了一瞬间。在那瞬间，仿佛有一股诉说着常年相伴的暖意向我袭来。

"如今如果不带着小花，我甚至都不想出门狩猎了。我也是在丈夫亡故后回到了日本，在那之后一直孑然一身，和它还挺像的。"外馆重新转向我们，笑了笑，"纸越小姐和仁科小姐，你们两人看起来也非常合衬。一起带着枪出门探险，是不是非常快乐的一件事？"

"嗯，确实……"我回答得有些局促。

外馆微微一笑，不知她对我的反应做何理解。

"真令人羡慕。我年轻时也曾经渴望遇见这样的好友。"

小花似乎听懂了她的话，不满地从鼻子里哼了一声。

"呃，是的……我们是非常好的伙伴。"

我支支吾吾地说着，感觉到身旁的鸟子露出了喜出望外的表情。

身侧莫名传来一股热流，就像坐在远红外线取暖器旁边一般。我感到自己的半边脸被烤得火热，便撇开目光转过脸，恰好与身子伸得长长的小花对上了眼神。小花无情地移开了目光，没有任何要施以援手的意思。

为了扯开话题，我问道："在来这里之前我们听到了枪声，是您开的枪吗？"

"哦，那大概是我，要是吓到了你们我很抱歉。当时我射中了一只鹿，但被它逃了。"

鸟子像是想起了什么似的也开口说道："说起来，我之前好像见过小花，在山脚下的草地上。"

"哎呀，真的？当时还以为它不见了，原来是去看你们了。"外馆看了躺在地上的小花一眼，"小花跑得很快，常常会丢下我跑到很远的地方去。一开始我挺担心的，但感觉它比人类还要聪明，后来就随它去了。"她无奈地笑了笑接着说道，"真是的，这么放养一条大型猎犬，之前的我肯定想也不敢想。自从在这里住下后，因为荒无人烟，我也有些懈怠了。"

"毕竟这边一个人都没有。"

"是的。讨厌，都有点惭愧了，以前我是很守规矩的。"

外馆双手捂住脸的动作也分外优雅。要是这样都算懈怠，那我们可以说是流浪狗级别了……

突然，小花抬起了头。

它起身望向窗户，我们也被它吸引了目光，但映入眼帘的只有庭院里的树木。

"小花？"

外馆喊了一声。小花没有反应，它好像注意到了某些我们感觉不到的东西。

"怎么了？"

外馆站起身，把手放在小花背上。小花回过头像在征询她的意见。双方对视了一眼，外馆说："好像有什么在附近，可能是鸟或者鹿。"

"您是怎么知道的？"

"如果是熊或野猪的话，小花会更加警惕的。"她转向我们，"机会难得，要去看看吗？"

"欸……"

"你们先换一套适合外出的衣服吧，我来教你们如何发现隐藏起来的生物。"

6

我和鸟子连忙换回原来的装束，来到屋外。

外馆和小花一起在玄关等着我们。见到我们的模样，她露出了好笑的表情。

"哎呀，你们连枪都带上啦？"

"呃，是的。不能带吗？"

"不是的，有干劲是件好事哦。"

外馆带着自己的枪，大概是觉得就算发现了猎物，我和鸟子也打不中吧。

　　小花带头走了起来，外馆也理所当然地跟在后面，身后是我们俩。

　　和我们进门时的入口不同，另一侧西式玄关前是一处停车用的圆形转盘。这里的树木也修剪得很整齐，看来不是外馆做的，而是一开始便如此。

　　小花出了门后一个右转，毫不犹豫地向前走去。我们沿着围墙不断前进，最后又从一开始找到的那个入口走了出来。

　　小花一边走着，一边扭头看向左侧。它的视线落在被树木遮蔽的昏暗坡道上。我还以为它会朝坡道的方向走，但它笔直地往前行进，只是视线一直定定地停留在坡道。

　　"那条坡道是通往哪里的？"

　　我问道，外馆摇摇头。

　　"不知道，我没有去过。那个地方很暗，看不清前路，而且总感觉很可怕。"

　　和我初见时的印象一样。

　　"这样啊。"

　　"这房子周围我都逛过了，但只有那里例外，小花也不愿意靠近那里。或许它感觉到了某种我们察觉不到的危险。"

　　在围墙拐弯处，小花的步子放缓了。再往右拐就回到了我们从公交车站上来的地方。小花没有朝那个方向走，而是钻进了左前方的灌木丛中。

外馆回过头，把手指贴在唇边。我们点点头。与打头阵的小花一样，外馆迈出的步伐也变得慎重。我一边用右眼确认有没有变异点，一边和鸟子跟在他们身后。

绕过树丛，穿过树荫，我们走进了灌木深处。落叶吸收了水分变得松软，每踏出一步，脚底便传来细微的水声。在寂静的森林里就连这点声音也能听清。外馆有时会回过头看看我们有没有跟上。

小花的速度虽然不快，但似乎对目标的位置胸有成竹。沿着缓坡往下走去，它的步伐变得越发缓慢，终于，它停了下来。

外馆俯下身子凑到小花身旁，小花原地趴了下来。我们在后面停下了脚步，但见外馆招手示意，便保持着蹲伏的姿势靠了过去。

她指指前方，悄声说："在那儿，能看到吗？"

我凝神朝她所说的方向望去。斜坡底下是一道浅浅的峡谷，前方拦着一条小溪，细得一步便能跨过。能听到潺潺流水声。对面的斜坡和这边一样，零星长着几棵树。用右眼看去也无不同。

"什么也没看见……"

"不要认真去看。"

"欸？"

"不要把目光聚焦，放空。最好不要把注意力集中在视野正中央，而是视线周边。保持没有注视着任何地方的状态，慢慢转动头部。"

虽然疑惑，我还是照着她说的去做了。不注视任何地方，心不在焉地……

"……啊。"

我不由得倒吸了一口气。在本应空无一物的地方，有什么东西动了。一只长着分叉鹿角的鹿的轮廓从前方浮现出来。就在距离我们五十米左右的小溪旁边。

"看到了！"鸟子下意识地惊呼了一声。

似乎是听见了她的声音，那只鹿抬起头。

眼前的光景很不可思议。与迷彩色、迷彩图案完全不同，只有鹿的轮廓和动作直接映入眼帘。就像那些错觉图片一般，即使知道是假的，大脑还是会被骗。尤其在看向鹿角附近时效果尤为明显，鹿角与四周的枝叶树荫融为一体，与周围的环境几乎没有分别。

"那真的是鹿吗？"

外馆没有回答我的提问。不知何时她已经举起枪，对准了鹿所在的方向。

外馆扣下了扳机。硝烟蓦地弥漫开来，瞬间淹没了我的视线。透过流泻的硝烟，鹿的轮廓像被压制般摇晃了一下。它向前迈出一步，膝盖支撑不住，轰然倒地。

外馆吐出一口气，放下枪站了起来。小花也直起身，带头往山坡下方走去。我们跟在她身后，这次清楚看见了躺卧在溪流旁的鹿。

鹿还活着，呼哧呼哧地喘着气，正虚弱地挣扎。它的头和脖子之间有一道鲜红的伤口，应该是刚才被击中的地方。鹿头的形状很奇特，眼睛附近与它的角一样长着发达的角质组织，层层叠叠，形成了木耳状的褶皱，就像戴着一副眼罩。

外馆拔出小刀，跪在地上，用一只手抓住鹿角，把刀刃刺进了鹿的咽喉。鹿没有发出声音。她拔出刀后，暗哑的呼吸声戛然而止，地上漫开的血液颜色晦暗得惊人。

"辛苦了。"外馆站起来，对我们说道。

这句话让我终于回过神来。

"真厉害……一枪就解决了它。"

"不止一枪。你看。"

顺着外馆手指的方向看去，鹿的左后腿上端也有枪伤。

"在遇见你们俩之前，让这只鹿逃走了。我还挺耿耿于怀的，能逮住它真是太好了。"

她从帆布包里取出绳子，绑在鹿的后腿上。

"您打算做什么？"

"肢解它，不马上做的话会发臭的。"

外馆把鹿的两条后腿分别用绳子绑在树上，让它的脑袋朝下。从咽喉的伤口流出的鲜血将小溪染成了红色。她捏起一撮地面的落叶塞进鹿的肛门，再次拿出小刀，在肛门周围划了一道口子。这时外馆回过头来。

"你们受得了这样的场面吗？"

见我们点头，她又继续动手。

小刀沿腹部竖着划下，一股热气伴随着血腥味冒了出来。外馆将手伸进鹿的腹腔，将内脏依次拽出。长长的肠道连带着肛门被滑溜溜地带了出来。几乎所有的内脏都被她扔在一边，只有心脏例外。那是一块拳头大的鲜艳粉色的肉块，外馆用水冲洗后用小刀切成几块分给了小花。小花接过鹿心，仿佛那是自己理应享有的权利。之后，外馆自己也切下一块心脏送入口中，就像在分食水果一样。

"您生吃吗？！"

鸟子惊讶地说，外馆恶作剧似的笑起来。

"只吃一口。小孩子不能学哦，因为我不是个好人。"

小花将自己那一份咀嚼后咽下，用乌黑的眼睛仰望着外馆。外馆摸摸它的头，于是小花便离开了。

再次感受到他们的亲密，我心里一动。一瞬间的肌肤相触，分食一块心脏——仅仅如此，却让我感觉自己目睹了极为隐秘的一幕。

外馆将余下的心脏装进保鲜袋，再次开始进行鹿的肢解工作。她轻车熟路地剖出骨头，切下肉块。

"没想到，你们俩都用枪用得挺熟练的啊。"

她说着，手上的功夫也不停。

"欸，为什么这么说？"

莫名其妙地被夸奖，我有些疑惑。明明我们一枪也没开。

"你们一直注意着不要把枪口对准他人，对吧？其实做不到这点的人还挺多的。"

这倒也是。我一开始也完全意识不到这一点，是被鸟子反复叮嘱后才开始注意的。

我和鸟子对望一眼，她露出了得意的神情。总觉得让人不爽。

"就这样吧。"

外馆停下了动作。鹿已经被完全解体，溪边的石头上堆放着剥了皮的四只鹿腿和堆成小山一样装在塑料袋里的红肉。我看了看表，竟然只过去三十分钟左右。真是难以置信。

还剩下整块剥好的鹿皮、鹿头、骨骼和内脏。鹿头外馆似乎打算带回去另行掩埋，内脏虽然处理之后也能当作食材，但因为太麻烦了，据说她只是偶尔才吃。

总觉得什么都不干不太好，于是我们协助外馆挖了个洞。

小花注视着我们用树枝挖掘地面，鹿头就放在它身旁。虽然适才那种不可思议的迷彩效果已经消失了，但那覆盖着鹿眼的角质褶皱还是让人感觉怪怪的。

"它的眼睛上长着的那个到底是什么？"

"很奇怪对吧？一开始我以为是某种畸形或者疾病，但猎到的鹿都是这样的。"

"是不是有什么它们不想看到的东西呢。"鸟子自言自语道。

"不想看到恐怖的东西之类的？"

说完我猛然意识到了一件事。

难道这就是原因吗？外馆也说过，"里世界"的生物都在隐藏自己的行踪。它们在躲避什么？起码不是人类。因为"里世界"基本没有人在。

也就是说……鹿也和人类一样，在"里世界"面临着某种恐怖的威胁？

为了逃离这种恐怖笼罩，它们进化出了遮挡视线的身体组织？

能让生物的外形发生这样的变化，应该需要相当长的时间。

这个"里世界"到底是从什么时候开始存在至今的呢？

7

我们帮外馆把猎到的肉搬回迷家时已经是下午三点左右。外馆邀请我们共进晚餐，我们犹豫了一阵，还是决定回绝。

"今天还是在天黑前回去吧。"

"哎呀，真可惜。如果你们愿意的话，欢迎下次再来玩。平时都是小花和我一起吃饭，下次一定拿出本事，做点野味给你们尝尝。"

听到"野味"两个字我已经不再一惊一乍了。毕竟这个人是会把在"里世界"捕到的猎物煮来吃的。

"虽然它们的外表有点怪，但肉都是正常的肉。"外馆笑眯眯理所当然地说道，"非常美味哦，我向你们保证。"

她说的应该不假。那些新鲜的肉，加上这个人的烹饪技术，在迷家的豪华厨房里做出来，不可能会难吃。说实话，我挺想试试的。虽然这会让我联想起日本神话里的"黄泉灶食"——一旦吃了死者之国的东西，就不能再回到生者的世界……

正想着，外馆递过来一个银色的保温盒。

"我把今天打的鹿分了些给你们，是里脊和背部的肉。简单烤一下就很好吃了，试试看吧。"

"谢……谢谢。"

"冷冻可以保存一段时间的。"

"啊，好的……"

不仅是黄泉灶食，甚至要把"里世界"产的肉带回"表世界"。

这没事吧？鹿肉好像本来就会被检疫部门没收来着？

无论如何，我们最后在外馆和小花的目送下走出了迷家。

从宅邸后面来到公交车站，再次乘上 AP-1，沿着来时的路踏上了归途。

"真是一场不可思议的体验……"

鸟子仰头望着山上说，我也点头表示赞成。

"没有实感呢。那幢房子每个角落都太漂亮了，简直就像梦一样。"

"这么说来，肢解鹿的过程倒很真实。"

"但没想到也没那么难以接受，虽然血腥味重了点。"

"那些内脏啊——"好一阵子鸟子都没有说话，默默驾驶着 AP-1，半晌才又开口，"我还以为空鱼你会更不开心呢。"

"欸？为什么？"

"你不是不希望'里世界'里有除了我们以外的其他人吗？"

"啊——是的。总觉得，我好像不太在意了……"

"你的心境发生了什么变化吗？"

"应该不是吧。"我思考了一会儿，"可能因为，那两个人已经'完结'了吧。"

"'完结'？"

"那个人，基本上可以说对我们毫无兴趣，不是吗？"

"欸，是吗？但她很热情啊。"

"是很热情，但我觉得她对我们并不感兴趣。外馆只要有小花就够了，小花也只需要外馆。他们俩构筑起了一个世界，其他人不过是消磨时间的存在罢了。所以也不会给我造成什么妨碍。"

"嗯……这样啊。"鸟子模棱两可地应了一句，也不知道有没有接受这个说法。她举起保温盒。"这些肉怎么办？"

"两个人吃有点太多了，我们当成伴手礼带给小樱吧？"

"啊，那我们来开烤肉 Party 吧，顺带当庆功宴了。"

"这个尺寸都能当牛排了。"

"虽然吃'里世界'的食材需要一点勇气。"

"我也这么觉得，但现在说为时已晚。"

"为什么？"

"那些草饼，外馆不是说是自己亲手做的吗？"

"嗯。"

"也就是说，她用的艾蒿也是'里世界'产的艾蒿吧。"

"……啊。"

8

回到"表世界"之后，我也时常梦见迷家。

梦的内容都是一样的。

在梦里，外馆和小花站在迷家门前，望着那条通往森林的，昏暗的坡道。

传来走在鹅卵石小路上的脚步声。有什么正顺着坡道而来。

出现的东西每次不尽相同。

有时是一辆嵌着防窥玻璃，看不见乘客的黑色高级轿车。

有时是牛拉着的古老牛车。

有时是四匹马拉着的马车。

有时是一大群人扛着的软轿。

有时是一只像熊一般的黑色巨兽。

望着这一幕的人和狗是什么样的表情呢？在看清之前我的梦就结束了。

明明在那幢房子里没有发生过任何恐怖的事，但每当梦见它，我都会心惊肉跳地从睡梦中惊醒。

Otherside
Picnic

档案19
再会八尺大人

1

我不应该来的。

坐在咖啡馆桌前，我反复品味着这句话。身旁的鸟子眉头紧皱，一脸忧心忡忡的表情。想必我也一样。

坐在桌子对面的女性约莫三十岁出头。或许是为了和我们见面，她打扮得很精致，但凌乱的发丝、衬衫的褶皱和妆容也遮掩不住的疲劳感无不述说着她精神上的疲惫。

——我想拜托你们帮我寻找丈夫。

她说着，把几张照片摆在桌上。照片上是一位三十几岁的男子，身穿清爽的白色翻领衬衣，头发剪得短短的，胡子也刮得很干净，就像广告里标准的好丈夫形象。

与和我相遇的那个人天差地别。

没错——我和鸟子曾经遇见过他。

那个自称肋户的男人。

那是我刚认识鸟子没多久时的事。我们为了寻找闰间冴月来到了"里世界"，并遇到了肋户。他阻止了对"里世界"一无所知的我们误触变异点，是我们真正意义上的"救命恩人"。

肋户是为了寻找神隐的妻子美智子而踏入了"里世界",但与我们相遇时,他的精神已经出现了异常,甚至把我和鸟子都误认为是"美智子"。可能是这份执念被"里世界"所利用,最终,肋户被八尺大人——或是说,八尺大人模样的"里世界"生物带走了。

这个男人的照片就摆在眼前。是失去了妻子,陷入疯狂之前的肋户。

而这次委托我们寻找他的,是自称肋户妻子的这名女性。

肋户美智子,"神隐事件"的受害人。

——我丈夫失踪已经是好几年前的事了。

——他的名字叫,诚司,肋户诚司。

——十月的某个晚上,我们俩待在家里。吃完晚饭后我去泡澡,出来之后他已经不见了踪影。

——房门上了锁,鞋子也摆放在原处。

——客厅里的电视还没关。DVD 盒子打开着,他似乎打算着场电影。

——那张 DVD 是《Stand by Me》。只是找遍了光驱和其他地方,也找不到碟片。

——我当然也求助过警察,但毫无进展。

——直到现在,我的丈夫依然下落不明。

——家里有一扇通往阳台的玻璃门,当时虽然是关着的,阳台上却放着一只没见过的童鞋,脚尖对着房间的方向。

听着肋户美智子的倾诉，我和鸟子无言以对。我们呆坐着面面相觑，甚至没能接上一句话。

——非常抱歉，贸然给两位写了信。

——这是我最后的救命稻草了。

——非常感谢你们的回复。

肋户美智子讲述的内容逻辑上是通顺的，语气也没有可疑之处。

虽然她看上去有些混乱，但丈夫失踪，任谁都会陷入混乱吧。

但……这种感觉到底是什么？

我试图回忆当时肋户说的话。

他好像说过，自己的妻子是在一个夏夜失踪的。

妻子在两人挑选要看的电影时，从餐桌旁消失了。

总觉得有哪里不对。已经是好几个月前发生的事了，细节我也记得不是很清楚，但——

不，不对。不是这个问题。

毫无疑问，下落不明的，是妻子美智子。

那，眼前的"肋户美智子"又是谁？

我再次与鸟子交换了一个眼神。

她漂亮的眉毛紧皱着，明明白白地写着"违和感"和"警惕心"。

——正如我在信中写的那样，前几天我开始收到一些明信片。

——应该是我丈夫寄来的。明信片上印着的，都是承载着我们回忆的地方。

——但里面仅有一张，是我从未见过的。

——虽然只有这么点线索，但我听说有人可以帮忙寻找下落不明的人。

"听说？"

——是的。那个……哎呀，真是的，是谁说的来着。

——抱歉，我一时间有点想不起来了。应该是纸越小姐您的熟人。

我可不记得自己有这种熟人。

帮忙寻找下落不明的人？我？

就算是茜理，也不至于脱口而出说这种话吧。

一切都很古怪，一切都不太对劲。

——要是能帮我找到我的丈夫，多少钱我都会付的。

——拜托了，请一定答应我。

——求求您了，纸越小姐。

桌上，就在肋户照片旁边，放着一张明信片。

明信片上印着的风景照像是外行的手笔，对焦没对好，构图也马马虎虎。

照片里是蓝天和草原上伫立着的一片废墟。

一座仿若珊瑚尸骸组成的，满是孔洞的白色建筑。

我记得这个地方。

这是肋户消失的地方，也是我们遇到"八尺大人"的那栋"里世界"建筑……

"所以说你们为什么要来我家啊？！"

我和鸟子一脸尴尬地端坐在抓狂的小樱面前。

"那个，就是想请你跟我们分享一下……你从中感受到的违和感……"

"我可不想干这种事！话说你们跟我说这桩事情干吗啊？怪瘆人的。"

"我们想要点客观意见，因为我和空鱼没有办法冷静地去分析这件事。"

"客观意见？"

"说实话，小樱你怎么看？"

"我看我就不该让你们进这个门。"

"不是这个啦……"

小樱狠狠地瞪了鸟子一眼，往椅子上一靠。

"我是不认识这个叫肋户的男人。但你们在'里世界'遇见他时，他已经不正常了吧？"

"说不正常可能有点太过了，但精神状态确实很不稳定。"

"那，虽然丈夫一方深信妻子失踪，但很有可能这些都是他的妄想，失踪的其实是他自己，不是吗？而妻子只是单纯地在寻找他而已。"

我有些疑惑。的确，肋户当时的精神状态很危险，但"妻子失踪后精神错乱"和"精神错乱以为妻子失踪"顺序可是完全倒过来的。

"误以为妻子失踪，有这个可能吗？"

"有啊，很正常的。"

"很正常？"

见我表示疑惑，小樱叹了口气。

"有一种精神疾病叫作'解离症'。比如会令人丧失记忆的解离性健忘、令人产生新人格的解离性统一性障碍等等都比较有名。"

"是指失忆和人格分裂吗？"

"一般来说这种叫法比较多吧。对于通常情况下能得到整合——或者说被认为应该得到整合的意识或人格，拥有者丧失了将其整合的能力就叫解离症，或解离性障碍。一般是 PTSD（创伤后应激障碍）或孩童时代的虐待、强烈的压力等原因导致。"

不知为何，鸟子和小樱飞快地瞟了我一眼。

"嗯？"

两人马上移开视线，小樱接着说道："解离性障碍的呈现方式很多，不能一概而论，其中有一种症状叫作'解离性遁走'。发病时患者会突然失踪，然后在某个全新的地方开启他的新生活。"

"新生活？什么意思？"鸟子问。

"另一个人格会代替他既往的人格，作为另一个人活下去。有时原人格也会突然回归，但他不会有关于其他人格的记忆。"

"在这个人开启新生活期间，原来的人格会怎么样？"

"消失。"

"那其他的人格又是从哪里来的呢？"

"只能说，是这个人的大脑自己孕育出来的。"

"这样啊……"

鸟子一脸惊讶地陷入了沉思。

"你是说，肋户也患上了'解离性遁走'？"我继续问道。

"我没有这么说。我只是想说明'误以为妻子失踪'是完全有可能的。可能当时这位丈夫的人格被'因为神隐而失去了妻子'的人格替换了。"说完，小樱好像又改变了主意，挥挥手说道，"只是举个例子。我又不是医生，没办法给素不相识的人看病。但说到底，人类其实是很容易出问题的，而且出的问题都千奇百怪。"

小樱的说法很谨慎，是基于现实底线做出的假设。要是不知道"里世界"的存在，我可能就信了这番话。但对我和鸟子而言，这是最大的一道坎。

"那如果是小樱你，要怎么对他的妻子解释？"

"啥？"

"'我见过你丈夫，但他已经在另一个世界，被一个两米四高的女人掳走了'——能这么说吗？"

"……呃，确实不太好解释。"

小樱脸色不豫地承认。

"就是这样的。一旦和'里世界'扯上关系，总觉得全都是超自然现象的伎俩。"

"所以，你们要是这么想就别把我也卷进来，这句话我已经说倦了。"

"因为能靠得住的人只有小樱了嘛……"见我这么说，小樱露出要呕吐的表情，"没、没事吧，小樱？"

她捂住脸，摇了摇头。

"为什么我的人生会变成这样……"

"小樱？"

"独自一人住在这么大的房子里，来拜访的都是些不会看人眼色的疯女人……"

"那你养只猫吧？"

"啊，那我泡个茶吧？"

"哈啊……"小樱深深地叹了口气，望着天花板，"他的妻子是个正常人吧？"

"欸？啊，是的。"突然回到上一个话题，我一时间没反应过来，"虽然不知道是不是正常人……但从谈话的感觉来看，没什么异常。"

"那不如先信她说的话。毕竟夫妻二人的说法互相矛盾，而且丈夫看起来明显不太对劲。"

"一般人是会这么想吧……"

"你有什么意见吗？"

"不，我也是这么想的……所以最后我接受了肋户美智子的委托。"

听了我的话，小樱瞪大眼睛。

"为啥？别管她不就行了吗？你们俩又不是侦探什么的。"

"我想赶紧从当时的局势中解放出来……"我的视线落在手中的明信片上，"这到底是什么呢？"

小樱嫌恶地挪远了些。

"这就是那张明信片？别拿太近。"

"啊，但用右眼看，只是一张普通的纸片罢了。"

"我说的可不是这回事。"

我正和小樱交谈，鸟子用沉静的语气开口说道："如果这是肋户寄来的，那他可能还活着。"

小樱用怀疑的眼神看着鸟子。

"……那又怎么样？"

"肋户可能正从'里世界'向我们求救。虽然两人说的话自相矛盾，但无论是肋户还是美智子，毫无疑问都因为彼此离散而备受折磨。如果是这样的话，我们必须去帮他们。"

"是啊是啊，你肯定会这么说的。"小樱放弃挣扎，嘟囔了一声，把目光转回我身上，"那……你们打算怎么做？"她漫不经心地问了一句。

我答道："我想再去趟'里世界'，看看肋户消失的那栋大楼。"

3

很久没从位于神保町的商住大楼进入"里世界"了。

我们按照平时的步骤操作电梯，来到了骨架大楼的屋顶。这通烦琐的"进门"流程竟然能成立，每次都让我感到不可思议。与"里世界"本身的混乱相比，它显得很严谨。

从我们以往的经验来看，实际上"里世界"并非毫无条理，而是有着它特有的一套理论。只是因为我们无法理解而显得混乱罢了。就连那么胆小的小樱也不能完全放下对"里世界"的兴趣，或许也是被这套充满未知的逻辑吸引。在这一点上，我和她还挺像的。

从骨架大楼的屋顶向下望去，雪已经快化完了。虽然"里世界"的雪比"表世界"留得更久，但到三月末也总该有点春天的感觉了。曾经枯萎衰败的草原已经恢复了翠绿。

"在那里吧。"

鸟子看向南边。越过广阔的草原，能看见八尺大人所在的大楼。

我举起望远镜。每次都问鸟子借实在不方便，最后我自己也买了一副。想着也不用多高级，能防水就行，于是我在户外用品店里选了一副设计比较喜欢的。这副望远镜是渐变蓝色，倍率是六倍。

视线范围内没有任何会动的生物。用右眼看去，四下里闪烁着变异点的银光。回想起上次自己毫无顾忌地踏入这片草原，我不由得后怕起来。我和鸟子的冒险差点就结束在那里了。

　　"走吧。"

　　我们放下望远镜，走向梯子。

　　每次爬这架有十层楼高的梯子都让人紧张。下到地面时已经出了不少汗，我把在 Workman[①] 买的外套拉链稍微往下拉了一点，风从领口灌入，带来沁人的凉意。

　　"这梯子不能修修吗……总觉得爬它算是我们干的事里面最危险的一桩。"

　　"可能是吧。你有什么好主意吗？"

　　"不太好办啊，毕竟这么高呢。"

　　除了这架装设在外墙上的梯子外，没有其他方法能在骨架大楼的楼层间活动。建筑内部仅有柱子和地板，别说电梯了，就连楼梯都没有。

　　"绑上安全索，用起重机吊下来可行吗？"

　　"悬在空中上上下下吗？那不比梯子可怕多了。"

　　"嗯——好像是。"

　　虽然我没有具体量过，只是估算，按每层三米来算的话，地面离屋顶有三十米。没有恐高症的人也会腿软的程度。

　　"顺着梯子往下爬时倒是可以绑个安全索。"

　　"确实。工地也会用安全索，下次我们再去 Workman 看看吧。"

---

　　① 　以销售工作服、安全鞋等为主的日本企业，线上线下均有销售商店。

"啊，还有这个办法。我刚才想的是买点登山用具。"

"这样吗？"

"其他店可能也有这样的东西，回去之后再找找吧。"

"也是。"

我们一边交谈，一边像往常一样在骨架大楼的一楼整理装备。马卡洛夫手枪、步枪、钉袋。今天我们打算把 AP-1 留下看家，徒步出发探险。收拾好行李，我再次背起背包，把 M4 挎在肩上。

"鸟子，OK 了吗？"

"嗯——"鸟子一边回答，一边在一楼四下张望，像在寻找什么。

"怎么了？"

"我每次来到这里都会看看有没有什么变化。因为之前冴月带我过来时，我们曾把这里当作据点。虽然我也知道她已经不会再回来了。"

"……"

我没有回答，于是鸟子眨巴着眼睛朝我看过来。长长的金色睫毛在阳光下闪闪发光。

"你在生气吗？"

"没有。"

我板着脸转过身，离开这栋楼。鸟子小跑着追了上来。

"对不起。"

"什么对不起？"

"哎呀，都说对不起了啦。"

明明在道歉，她的声音听起来却丝毫感受不到歉意。

"没什么好道歉的。"

我没有回头，这时鸟子突然挽住了我的手臂。

"哇啊！等一下！"

我还拿着枪呢，突然干这种事太危险了——我瞪了鸟子一眼，却发现她笑得分外灿烂。

"干、干吗？"

"空鱼，你就是在生气。"

"不，我没有。"

我条件反射地反驳。

"那你为什么心情不好？"

"呜……"

我无言以对。

"告诉我，为什么？"

"行……行了，快放开。这附近都是变异点，很危险的。"

"好——"

鸟子顺从地放开了手，但依然挂着笑意。这家伙，一脸傻乎乎的表情。

不过，我好像确实有些不高兴。

至于为什么不高兴，那是因为……

一瞬间，我打算为自己的行为找一个理由，但又停下了。

那是因为什么？

那是因为……

说实话，只要鸟子表达出对闻间冴月离去的感伤，我就有些不爽。

至于为什么不爽……

那是因为闻间冴月早已变成了怪物，而且随时都有可能夺走我们的性命，这个家伙竟然一点危机意识都没有，还在这边怀念以前的旧情……

鸟子这个人，太重感情了。我理解她对闻间冴月的怀念之情，毕竟那是她来到异国他乡认识的第一个朋友，也是她当时唯一的朋友。

鸟子误闯"里世界"就是为了寻找她。

如果不是后来遇到了我，鸟子可能直到现在都会是孤身一人吧。

这个念头产生的瞬间，一股强烈的情绪涌上心头。

可能就是因为这种孤独感，才会导致鸟子对我如此依赖。

"有什么问题吗？"

鸟子和我并肩而立，凝视着我视线的方向。"我看不见，是变异点很多吗？我们换个方向？"

在鸟子看来，无言站在原地的我是在为制订路线而烦恼。

我摇摇头。

"没事，没关系。可以前进。"

"OK，全靠你啦。"

鸟子伸出右手拍了拍我的背。像被这轻轻的肢体接触所激励，我迈出了脚步。

现在不是想其他事情的时候。要是精神不集中，踩中变异点就完蛋了。

我正试图说服自己，背后却传来鸟子毫无紧张感的声音。

"还记得我们上次经过这里时的事吗？"

"那当然。"

"当时空鱼你心情也不好，对吧？"

"……"

"当时我也挺烦的，所以没注意到，现在想来，空鱼你那会儿是不是也在嫉妒——"

"哈啊？怎么可能！"

我打断鸟子时的声音比想象的更尖锐。

我咳嗽几声试图遮掩过去，重新开口。

"怎么可能嘛？当时还没认识多久，怎么会有这种情绪？"

"那你为什么心情不好？"

"不记得了。"

"欸——好伤心呀。我可是都记得呢。"

这家伙还来劲了……

"烦死了！行了，快走吧！"

"哎呀，危险。"

我骂骂咧咧地打算往前走，鸟子突然从身后一把抓住了我。

"干吗？！"

"走太快很危险的，你看。"

鸟子从我背后伸手指了指，顺着她的手指望去，地面上有一摊灰烬，直径大约一米，堆成了个小土坡。

是"吐司炉（toaster）"，曾经差点把我烧死的那种变异点。

"你还是和那时一样，偶尔会做出些危险的事呢。"鸟子用非常正直的口气说道。

——你以为这是谁的错啊！

"这附近变异点挺多的，你不要捣乱了。"

我好不容易挤出一句话，鸟子唰地松开手。

"好——"

我反复深呼吸了几次，让慌乱的心绪平静下来后重新开始前进。

鸟子环顾四周，有些犹豫地小声说："上次遇见肋户也是在这里呢，他开口叫住我们真是太好了。"

"嗯。"

"他当时说自己在'里世界'待了几十天，这附近会不会有他的露营地啊？"

"说起来他当时没带着帐篷什么的。"

"要不要找找看？说不定能发现什么线索。"

"嗯……但他当时好像也是第一次进那栋楼，说不定是从很远的地方过来的。"

我望着右前方，在树丛后面隐约能看见一幢白色建筑。如果肋户的据点就在这附近，这么显眼的一栋楼，很难想象他没去过。

"要是这样，那我们能遇见他就纯属巧合了。"

"百分之五十算巧合吧。"

"什么意思？"

"肋户不是说过'拟人生物'的故事吗？"

"他说这里徘徊着一些长相近似人类，但不是人类的东西，对吧？指的应该是如月车站的'苔人①'和'角男②'之类的吧。"

"可能是吧。还有，他不是拿着枪吗？"

"嗯。"

"还把我和你都错认成自己的妻子，对吧？"

"……嗯。"

"有可能肋户在更早之前就发现，并偷偷靠近了我们，为了确定我们到底是他的妻子，还是他口中的'拟人生物'。一步踏错，我们可能就被枪杀了。"

鸟子沉默了一会儿，惊讶地说："我从来没想到过这个可能。"

"哦，也可能只是我的想法不太正常。"

---

① 没有手臂，肩膀的断面处覆盖着青苔似的物质，有苔藓不停从嘴里掉出的人形怪物。在《里世界郊游②：世界尽头的海滨度假之夜》中出现。

② 头上长着复杂分叉枝角的人形怪物，在《里世界郊游：两个人的怪异探险档案》中出现。

"为什么我没想到呢。明明肋户是个带着枪，举止可疑的大叔，我一开始也很戒备的。"

"因为鸟子听了肋户的故事后开始同情他了。"

"我到底在干吗啊。我得振作一点……"

刚才的得意扬扬逐渐消失，鸟子的声音明显消沉了不少。我回过头，只见她停下脚步，端详着自己的步枪。

"我之前还在想，要是找到肋户，就得把这把枪还给他了。"鸟子抬起头，斩钉截铁地说，"现在还是算了吧。"

"真是冠冕堂皇的小偷发言。"我不知自己该不该笑，"刚刚说的这些也只是我的想象罢了。虽然他看起来是有点奇怪，但很有可能只是一名善意的第三者，我们冤枉他了。"

"但只因为境遇相同，不知不觉间就放松了警惕，我实在不能相信这样的自己。要是因此空鱼遇到什么不测，我——"

尴尬的氛围还是没有缓和，我烦躁地叹了口气。

"当时是当时，差不多够了吧。我们最后也都活下来了。"

"……"

"你要是有心反省，可以把话留到庆功宴上说。我会当没听到的。"

"你起码听一听吧？"

鸟子倍受打击的表情很有趣，我不禁笑出了声。她噘起嘴，看起来有些惊讶。

"当时我们俩都挺危险的——这么说不就得了。"

"大概，是吧。"

"虽然现在也半斤八两就是了。"

"你觉得我们和当时没有变化吗？"

"嗯，还是有一点的。"

"哪里？"

鸟子的语气里，又和方才一样带了些戏谑的色彩。我懒得理她，转过身没有回答。

"快走吧，不要在这里浪费时间了。"

"好——"

4

我们一边投掷螺丝钉，一边穿过这片草原上的变异点雷区，在树丛中断的地方停了一会儿。前方二十米左右是裸露的土地，再往前就是我们的目的地——白珊瑚大楼了。它的外墙上又多了几个圆洞，比我们上次来时更像珊瑚的尸骸。

通往大楼的路上没有变异点。上次地面上印着八尺大人形状奇特的脚印，这次没有出现。我警惕地观察着周围，但并无异常。

"好……那，我们走吧。"

"啊，等等。"

我正要走出树丛，鸟子慌忙抓住了我的左手。

"怎么了？"

"我们牵着手过去吧。"都这种时候了，怎么还在说这种不着调的话……我正想着，鸟子脸色严肃地接着说，"你还记得上次发生的事吧？空鱼你当时和肋户一样，被八尺大人所迷惑，被她吸引了过去。"

我一时语塞。

"那是因为……当时我还不懂嘛。话说现在八尺大人应该已经不在了吧？我们上次算是把她击退了。"

感觉到自己反驳的话一句比一句幼稚，我不愿再说。

"嗯，但我们也聊过，肋户的明信片可能是为了把我们引过来的陷阱，所以还是小心点好。我不想空鱼你像他那样消失，如果被迷惑的是我，也希望空鱼能把我留下来。"

"唔……"

没想到鸟子会说得这么坦率，我退缩了。确实，鸟子言之有理。

"知道了。"

"好。"

鸟子很酷地点点头，握着的那只手与我指尖交缠。两人都戴着手套，只有布料的触感，我却莫名觉得心安。

"这样就没问题了，对吧？"

再掰扯下去也很麻烦，于是我模棱两可地"嗯"了一声。

早知如此，还不如就让鸟子保持那个蔫了吧唧的状态。

我们手牵着手，向白珊瑚大楼走去。

这栋建筑共有三层，长大于宽，让人想起学校宿舍。和"牧场"的住宅楼也有点类似。

"之前来时这里有这么多洞吗？"鸟子抬头望着大楼说。

我摇摇头。当时外墙上的圆洞应该还没有这么多。

"可能会崩塌，小心头顶哦。"

"真想要个头盔啊。"

"把头盔也记到我们的购物清单里吧。"

我们站在大敞着的正门门口向内望去。光秃秃的地板上散落着瓦砾，与之前没什么两样，但多了不少根细细的原木。

我单手握着马卡洛夫手枪，一边警戒四周一边走进室内。建筑内部空荡荡的，没有墙也没有柱子。楼上的地板已经完全崩落，能看清三楼天花板的全貌。整栋建筑就像一个水泥壳子。记得上次来时还有些木制的落脚处，现在也没有了。散落在地的那些原木应该就是它们的碎片。

外面的光线透过破碎的玻璃窗、墙壁和天花板上的空洞照了进来。

"那个洞，要是自然形成的未免太规则了。"

鸟子的声音在偌大的空间中回响。我想到了一个解释，说道："你还记得你击中八尺大人时，她猛地喷出了许多黑色球体吗？"

"欸，有这么回事吗？"

"那大概只有我能看见吧。那些黑色球体碰到我时什么感觉也没有，但可能它们碰到这栋大楼，就会变成这样。"

“那这些原木，也是当时被击断的？”

鸟子踢了一脚离自己最近的原木，露出被削断的尖端。弧形的截面就像研磨过一般光滑。

击退八尺大人后，回过神时我们已经回到了“表世界”。当时圆木崩落，建筑变得千疮百孔，“里世界”肯定一片混乱吧。要是我们没能回去，说不定还会被卷入其中……

或许是和我抱有一样的想法，鸟子低声说：“当时好险。”

“嗯。”

尽管在回顾这些危急时刻时已经无数次感到战栗，但一想到可能因为这种物理事故天人两隔，还是不由得从心底生出一股寒意。

脚下遍布瓦砾，难以保持平稳。我们小心翼翼地前进着，在看到地面上的某种东西后停下了脚步。只见泥土上残留着几个印子，像有人用木槌反复捶打留下的一样。

“八尺大人当时就在这里吧？”

“看着像是。”

当时我没有余力观察四周，但应该没错。这是八尺大人的另一副姿态——那个鸟居状物体的“足迹”。

我把意识集中到右眼。还以为能看见标志着“门”所在位置的银色雾霭，但什么都没有。

“怎么样？”

“好像没有。”

"我也找找看。"

鸟子取下手套，露出了变异的左手。她移动着左手，像在抚摸周围的空间，手掌内部散射的阳光让整只手看起来熠熠生辉。在光线充足的地方看，透明的左手中隐约可见结晶似的花纹。真美……为了集中精力去感受，鸟子闭上了眼睛，仿佛在水中起舞。我牵着她的手，也被带着缓缓地转了一圈。

"总觉得指尖好像挂到了什么……"鸟子皱着眉头说，"也可能是我的错觉。但起码，能感觉到这里留着'门'的残渣。"

"残渣……"

这个说法让我忍俊不禁。

"嗯？"忽然，鸟子的动作顿住了，"这里有什么……"

"'门'？在那里吗？"

"不是，不在这里。但这边能感觉到什么东西。"鸟子闭着眼睛说，眉间的褶皱更深了，"像是风压一样……而且逐渐变强了。它在接近吗？"

她那只透明的手掌心正对着我们刚进来的正门入口。我看向入口方向，突然皱起了眉头。那里的光景有些异样。逆着光，能看见门框的形状不太对劲。左侧不知何时出现了一个凸起的圆块，之前有这种东西吗？

"呃……"

反应过来那个圆块究竟是什么，我的喉咙深处发出了窒息的声音。

那是一个人头。

一个以接近九十度角，从门外水平伸出的人头。凌乱的长发直直垂到地上。人的脸隐藏在阴影中，看不清长相。

随着人头的水平移动，身体出现了。

是一个女人，手、脚和躯体都弯折着，就像整个人被抻开了一样又细又长。要是完全展开，似乎能达到三米以上。

"呜……哇……"

身旁的鸟子发出一声呻吟。似乎是从我发出的声音察觉到不对，她也睁开了眼睛。

弯折的女人穿过入口，摇摇晃晃地走进了大楼。原来看不清她的脸不是因为逆光，也不是因为被头发遮挡，而是因为她的脖子整个被扭到了背后。

女人身上那块肮脏的布本来应该是一条长裙，但因为身体的弯折，四处都被撑破了。只有一只脚上穿着单鞋，另一只脚赤裸着，脚腕已经折断。因此，她每走一步，身体便剧烈地摇晃。啵、啵——响起的不规则的气泡破裂声，就像女人在说话。

似曾相识的感觉让我胸口一紧，眼眶不禁变得湿润。

我一直想来。想再见你一面。

为什么会忘记这一切呢？

为什么……

我用力甩甩头。

没什么为什么，这种感觉都是假的，是没有实体的赝品。

"没事的，空鱼。"

"鸟子你才是，没事吗？"

"还凑合。我说，这个，难道——"

"嗯，这家伙是八尺大人——"

尽管外表已经和原来大相径庭，但应该没错。或许是因为上次受创对她的外形产生了影响。要是当时她也是这副畸形的模样，怕是就连肋户也不会被骗。

但与她恐怖的外形相反，那股袭上心头的怀念却不减反增。尽管只是毫无根据的纯粹的乡愁，却让人倍感压力。

"真亏你那时能扛得住啊，鸟子。"

"也是因为担心空鱼你——另外，那个冴月太奇怪了，所以我马上就发现了。"

"哪里奇怪？"

"我从没见过她穿白色的衣服。"鸟子斩钉截铁地说。

我抬起头说道："我们赶紧了结她吧。之前已经打倒过一次，这次也用一样的方式就可以。"

我把心头的烦躁抛到一边。为了抵抗虚假的乡愁，我握紧了鸟子的左手。她也回握住我，这份触感令人安心。

"我不会走的。"鸟子说。

"嗯。"

我点点头，把意识集中到右眼。

动作僵硬地朝我们靠近的八尺大人形象变得模糊，变成了不一样的形状。

那是一个歪歪扭扭的攀爬架似的东西，和之前见过的鸟居截然不同。它四处弯折，相互缠绕着，构造更加复杂。

随着形状变化，它的尺寸也变大了。长和宽都达到了三米以上，呈现出不规则的立方形。纵深异常地深，有种望不见尽头的感觉。

每当我眨眼，攀爬架的形状便会发生变化。在它的框架中有一层半透明的薄膜，像肥皂泡一样闪着银色磷光。而那层薄膜上倒映出的却是另一幅景象。

荒芜的神社……人们野营留下的痕迹……小樱房子的玄关……古老的街道……奔跑的人影……位于山腹的鸟居……放着一块庞大岩石的坟墓……山谷间的吊桥……被锁上不允许通行的山路……

薄膜有时会破裂，与此同时便响起细微的"啵"的一声。

接连变幻的景象中，偶尔有小小的人影掠过。从体型来看应该是个小孩。人影的头发很长，可能是个女孩子——

女孩回过头。我看见了她大睁着的双眼，陡然一惊。

视线对上了！她刚才的确透过薄膜，在看着这边。

女孩转身飞奔而去——我正这么想，她又从其他薄膜上穿过。她要去哪里呢？我的目光在这个构造物体间穿梭，寻找着她下次出现的场所。

找到了——她在水中跌跌撞撞，一边拨开草丛一边奔跑着。女孩回头看我时神情充满畏惧。

"鸟子，八尺大人里面有一个小孩子。"

我说完，鸟子沉默了瞬间。

"是真人吗？"

"看起来是。她好像很害怕，可能是误入了'里世界'。"

"能救她吗？"

就知道鸟子会这么说。

但我也没有异议。袖手旁观的话我会做噩梦的，另外她虽然是个小孩，但我也不愿让无关人等在"里世界"里到处乱逛。

说实话，我当时的条件反射，也是想救这个小女孩。尽管这不符合我的性格，总觉得有些微妙。

"不知道……试一试吧。"

"如果需要用上我的左手你就说。"

"OK，那你先抓紧我的手。"

"OK."

我知道如何击退八尺大人。和上一次一样，在我紧盯着她不放的同时，让鸟子将左手伸进"门"中，将其破坏即可。尽管她的外表发生了巨大的变化，但这个方法应该还能用。

但，这样真的好吗？我发现的那个小女孩是不是就在"门"的那一边？我们就这样把"门"破坏，会不会就再也找不到她了？

我拼命用眼睛追随着小女孩，生怕把她跟丢了，同时我也感到惊讶。为什么我会这么放不下这个小女孩呢？在银色的光芒中，我看不清她的脸。但在看到她的第一眼，我便下定决心一定要找到她。

明明我不喜欢小孩子的——

逃跑的小女孩在薄膜间移动，将我的视线引向这个奇特的攀爬架深处。长时间将意识集中在右眼的我，开始逐渐不知道自己身在何方。我有些不安，开口对鸟子说："你有抓住我吗？"

我没有回头，一只手轻轻放在了我的右臂上。

大大的、湿润的手掌带来的触感让我感到安心。

"我不会走的。"

"嗯。"

我答应了一声，突然感到有些不对劲。

右手？

我牵着的，不是鸟子的左手吗？

"空鱼，快离开！"

身后传来鸟子的叫声。

我条件反射地抬起头，八尺大人的后脑勺就在我眼前。后颈因为弯折产生的褶皱看上去非常真实。

"我不会走的。"八尺大人的手指缠上了我的右手腕，"我不会走的。"

她用鸟子的声音不断重复着。

我的脸颊一阵发热。

中计了——又被骗了！明明我已经那么警惕了！

愤怒压过了恐惧和嫌恶，我几乎是条件反射地将右手握着的马卡洛夫对准了八尺大人。

抓着我手腕的那只手没有放开。她扭曲的脖颈嘎吱嘎吱地转动着，皮肤间的褶皱更深了。一绺黑发滑落，露出了被挡住的脸。

八尺大人的脸平得就像被刀削过一样。马卡洛夫的枪口对着的，是一片闪着蓝光的光滑的平面。沿着椭圆形的脸部轮廓，张开一层薄膜。是"门"。

那层膜震颤着，绽裂开。

啵……

发出震耳欲聋的破裂声——

5

视线里突然闯进一束鲜红的光。那光芒太过刺眼，我条件反射地闭上了眼睛。

我试图捂住脸，手却动弹不得。右手好重，左手也是。有一个人的手指扣住了我的手。难道是被抓住了？我一瞬间陷入了恐慌，一边咆哮，一边挥舞起手臂。

"空鱼！危险！别动！"

身旁传来一声大叫。

是鸟子！我蓦地睁开眼睛。视线里映出一只右手，没有人抓着我。之所以觉得重，是因为拿着马卡洛夫。惊觉自己的手指还搭在扳机上，我连忙松开手。

我转头看向左边，鸟子正双眼圆睁地看着我。

"鸟……子。"我喊了一声。

鸟子没有移开目光，只是反复点着头。她还牵着我的手，握得太紧我都有点痛了。

刚才的恐慌还没有完全消散，我呆呆地转动脑袋环顾四周。这才看清了周围的景象。

我们已经不在白珊瑚大楼当中了，现在是在室外。脚下是一条被来往行人压实了的土路，左右则是古老的街道。夕阳将一切染得通红。

八尺大人已经不见踪影。寂静的街道上，只有我和鸟子粗重的呼吸声回荡。

"手……好痛。"

听我这么说，鸟子稍微放松了力道，但没有要撒手的意思。

"发生了什么事？我们被'门'吞进去了？"鸟子问道。

我咬住嘴唇，焦躁地叹了口气。

"抱歉。我太笨了，完全被她骗了。"

"但你看到了一个小孩子，对吧？"

我用力摇头。

"没有什么小孩子，都是引诱我的陷阱。怪不得我觉得不对劲，看到她的瞬间就觉得必须得救她。我怎么可能会那么想？"

"是吗？"

鸟子疑惑地歪着头。自责几乎要把我压垮。

"都怪我。真的对不起，就连鸟子都被我卷进来了。"

"原来你在说这个。"

鸟子的声音变得低沉，一直握着的手也倏然离开。我的掌心接触到空气，因为出汗而感到一阵冰冷。鸟子果然生气了。她当然会生气。怎么办？

"对不起……都是我的错……"

我正低着头，脸颊突然被猛地捏住了。

"噫？！"

鸟子强硬地扳正我的脸，让我看向她。咫尺的距离让我十分慌乱，鸟子紧皱着眉头说："我说，现在你不觉得太迟了吗？"

"呜……"

"什么卷不卷的，我们早就过了这个阶段了，不是吗？空鱼，我们不是这世上最信任的关系吗？"尤其是最后一句，鸟子说得分外激动，"我觉得，当时牵着手真是太好了。还好没有让你一个人去到什么恐怖的地方。我才不允许你丢下我，一个人消失掉。"

"呜……"

"明白了吗？明白了就不要再道歉。我会生气的。"鸟子一边揉捏着我的脸颊一边说。

和她严肃的口气相反，手里的动作倒是很轻松愉悦。

我试图把脸挣开，但我的抵抗似乎比平时更缺乏底气。鸟子用冰冷的目光俯视着我。

"你要是真的那么介意——"

她突然猛地把脸凑近我。

"嗯？"

我甚至来不及闭上双眼，只见鸟子弹了下我的额头。

好痛！

紧抓不放的那双手放开了我，我趔趄着后退了几步，捂住嘴巴。鸟子依然注视着我的眼睛，说道："这样就一笔勾销了。"她得意地看了一眼瑟瑟发抖的我，又向周围环视一圈，"那么……这里是哪里呢？"

"我怎么知道？！"

"别生气嘛。"

"你、你有什么脸让我……"

不管我再怎么瞪她，鸟子都不再朝我看一眼。我花了一小会儿才重振旗鼓，再次看向四周。

位于我们左右两侧的这条古老街道看起来非常复古。瓦片和白铁皮搭的屋顶、木制电线杆、简朴的纱窗和石灰墙、斑驳的板壁。这就是所谓的"昭和风①"吗？因为是我出生前的时代，我并不是很了解。商店名和生锈的珐琅招牌上写着的文字都读不懂。

看向道路尽头时，我不由得屏住了呼吸。连接成片的屋顶上悬着一轮鲜红的夕阳。夕阳非常大。虽说靠近地平线时，太阳本来看上去就会大些，但和这轮夕阳完全不可相提并论。它大得我的视野几乎容纳不下，占据了整片天空。

"好厉害。"鸟子轻声说道。

这幅景色让我看呆了，几乎忘了刚才发生的事，我也不由得点点头。

"原来八尺大人的'门'后长这样……"

我们沐浴着夕阳，又在原地伫立了一会儿。

从未见过，却又好像在某时、某地见过的夕阳。

我回想起狩猎"扭来扭去"后，和鸟子两人在黄昏的草原上边笑边跑的场景。

当时我们的笑声中还饱含着对未知威胁的恐惧。就像被迫近的夜幕所追赶，一边害怕，一边大笑。

但身处这片夕阳中，似乎就连恐惧也被融化了。晚霞实在是太过美丽，我不禁想向着落日不断前进。不管是谁应该都会这么想。

① 日本昭和时代的风格，即公元1926年—1989年。

和那片世界尽头的海滩，和"取子箱"①底一样，这里应该也是"里世界"的深处吧。尽管我很清楚这一点，却完全不觉得恐怖。袭上心头的悲切向我诉说着，这里便是我们该来的地方。

"我们牵着手吧。"我说道。

鸟子点点头，握住了我的左手。她的侧脸浮现出温和的神情，说明鸟子此刻的心情也和我一样。

"鸟子你牵住我的时候，总是用右手呢。"

"是吗？"

"你不想用左手碰我。"

"可能是吧。"

"你以为我没发现吗？"

"因为空鱼很迟钝。"

"那……也确实。"

或许对我坦率的承认感到好笑，鸟子像孩子般笑了起来。

鸟子触碰我时总是用右手。用左手时，一定会戴手套。

虽然关于鸟子的左手还有很多谜团，但从它曾拍打我的后背驱走"山之件"，重创润巳露娜手下的第四类来看，这只手无疑能对"里世界"的存在产生物理层面的影响。

尽管鸟子对自己身体的变异看起来并不在意，但我从很久之前就

---

① 《里世界郊游②：世界尽头的海滨度假之夜》中出现的打开后可以通往"里世界"深处的木箱。

发现，她一直在小心避免自己的左手给我造成伤害。

虽然揉我的脸时倒是很不客气地用了两只手。

"不用那么小心的，我也一直很正常地在用眼睛看你。"

"我知道的。"

被这么直接戳破，我接不上话来。

原来我的一举一动全都被鸟子看得一清二楚……

鸟子斜眼看了沉默不语的我一眼说道："都被你用右眼盯着看了，我也没变得不正常，看来没关系嘛？"鸟子温和地微微一笑。

"可能是吧。"

世界上怎么会有这么善解人意的人呢？

我静静地，望着夕阳下鸟子的脸。

不知过了多久，突然传来物体倒地的声音，我们回过神来，面面相觑。

"刚才……你听见了吗？"

"嗯，有什么东西在。"

我把马卡洛夫手枪装进枪套里，从肩膀上拿下步枪。鸟子也做出了一样的行动。我们等了一会儿，没有任何东西出现。于是我们端起枪，小心翼翼地靠近声源处。

朝着夕阳的方向走过三间店铺的距离，映入眼帘的是右侧建筑前倒地的金属看板。看板背后是一条昏暗的小巷。我们保持着一定的距离，注视着小巷对面。没有一个人。巷口的地面散落着乱七八糟的东西，就像刚才有谁藏身于此，不小心打翻看板后慌忙逃走了一样……

"我去看看。"说着，鸟子朝小巷靠去。

"你小心点……"我目送着她。

鸟子在巷口蹲下身，朝我转过头。

"你刚才说没有什么小孩子，对吗？说一切都是八尺大人的陷阱。"

"欸？嗯。"

"你好像说错了。"

你看——鸟子伸手指了指，我从她身后凑近望去。

巷子里的地面有点湿润，泥土上残留着脚印。

一边是鞋印，一边是赤脚的脚印。脚印很小，长度不足二十厘米。

是小孩子的脚的大小。

"……欸？"

"你看，果然有小孩子。"

脚印通往小巷深处。路上布满水洼，脚印的脚趾部分痕迹较深，左右有些模糊不清。

"你觉得我们能坐视不管吗？"鸟子问。

"嗯……也没有其他去处，我们去看看情况吧。"我不情不愿地回答道。

见我这么说，鸟子理所当然地点点头迈开步子。我连忙追上。

"等等，我走前面。"

"OK，拜托了。"

小巷非常狭窄，容不下两人并排走。没有我的右眼就不能探知到前方是否有异常，我只能打头阵。每当这种时候我都有些不安，但一想到鸟子就在身后，似乎也没那么危险了。万一发生什么，她不惜把我撞飞也会冲在前面保护我的。

左右两侧的建筑中间，夹着条大约一米宽的缝隙小道。我们在这条小道上小心翼翼地前进着。墙边地面上生长着杂草，还放着些将要腐烂的木板和生锈的铁管。在即将走出小巷的最后一个水洼处，脚印变得凌乱，可能是摔倒了，泥土上还有手掌撑过的痕迹。

我们来到了另一条街道，拐角处伫立着一个红色邮筒，呈古老的圆筒形，我在"表世界"一次也没见到过。邮筒表面的油漆已经斑驳脱落，下方印着一个小小的泥手印。

"那张明信片是通过什么原理寄过去的呢？"鸟子看了邮筒一眼说道。

"'原理'是指？"

"如果明信片是引诱我们的陷阱，那要把它寄到肋户美智子手里，也必须走一遍寄件的流程，对吧？比如有谁准备好了那张明信片，把它放到邮筒里……那它又是怎么到达'表世界'的邮局的呢？总觉得有点奇怪。要说是'里世界'的怪物送的，就像童话故事了。如果是通过心灵传输自动出现在邮局也未免太过方便。"

"确实，仔细思考恐怖故事的话，总会出现很多莫名其妙的点。"

我一边寻找着路上的足迹，一边说，"不是经常有什么'房间里突然出现没见过的黑发'之类的故事吗？"

"有吗？"

"有的。这些故事基本上都是为了表达'家里出现陌生人的头发好恶心、好恐怖'，但每次我都在想，要是调查一下那些头发会怎么样。比如，用显微镜观察能不能看见角质层？提取 DNA 的话不就知道头发的主人了吗？"

"嘿嘿，就像司法鉴定一样。"

"不对吗？有物证，也就意味着能进行详细的调查了。"

"没有调查过任何一个故事吗？"

"大多是调查之后也一无所获吧。也有'保存的头发不知不觉间消失'的桥段，以及调查负责人精神逐渐出现异常，最后失踪或自杀的结局也不少。"

"深入调查很危险呢。"

"但在怪异故事里，体验者手头留下物证的故事其实还挺多的。我读了许多恐怖故事，一直期待着某处真的存在一个未知的世界，所以对这些明明有物证，却不进行调查的故事气得牙痒痒。总想让他们再仔细调查一番。"

"哈哈，说什么呢。你好可爱。"

没想到鸟子会是这样的反应，我有些疑惑。

"不可爱，我很认真的。我以前经常为此大为光火。"

"真想见见那时候的空鱼。"

"还好没见着，当时的我应该很糟糕。"

"没关系，第一次见面时就已经相当糟糕了。"

"你还真敢说啊？"

我不由得回过头去，鸟子对着我微笑。

"太好了，空鱼终于获得了物证。"

"什么意思？"

"'里世界'的存在，不正是你说的物证本身吗？"

正如鸟子所言。通过怪异故事，对"另一个世界"产生了憧憬的我，遇到的正是"另一个世界"。"里世界"就是我怎么查也查不完的超巨型物证。

而我和鸟子，也成为了物证之一。

我的右眼和鸟子的左手。

我们之所以能一直在"里世界"探险，而不至于沦落到和其他牺牲者同样的境地，也是因为我们已经在物理层面上被纳入了"里世界"吧……

"怎么了？"

被鸟子一叫，我才发现自己一直站在原地，注视着鸟子的左手。

我摇摇头。

"或许，用你这只手在这里寄出信件，就能送到'表世界'也说不定。"

鸟子笑了，用左手摸了摸邮筒。

"要试试吗？就像旅行时在景点寄明信片一样。"

"给小樱吗？她绝对会觉得我们是故意整她的。"

我们嬉闹着向前走去。

夕阳照耀的街道上散布着孩童的足迹，将我们向前引去。从这条路，到那条路，穿过小巷，穿过民房，越过沟渠……有时足迹也会消失，但只要找一找，就能轻易找到。不像是故意引诱，倒像是无头苍蝇般的逃跑方式。

随着我们的前进，街景也逐渐变得奇妙。原本都是些平房和两层高的房屋，高度逐渐增加，不知不觉间出现了五层楼那么高的建筑。左右挤挤挨挨的屋子上层之间有长廊相通。

"这里的太阳不会下山呢。"鸟子抬头望着建筑缝隙之间的天空，说道。

"真的哎。"

巨大的夕阳纹丝不动，散发着火红的光芒，周围的景色在其映衬下，简直就像时光停滞在了过去一般。

"这里说不定是永远处于暮色中的世界……"

"有这种怪异故事吗？"

"偶尔会有。比如乘电梯前往异世界的故事里，也有到达上层后发现明明是白天，天空却一片鲜红的桥段。"

"像这种复古风的街道呢？"

"不知不觉间误入古老街区的故事还挺常见的，比如在街上走着走着就走进了一条不存在的路之类的。还有说法称这些是狐狸和貉变化而成的。"

听了我的答案，鸟子饶有兴趣地望着脚下的足迹。

"这孩子该不会是狐狸吧？"

"又或者是貉呢？"

"找到之后我们把她带到小樱那里吧，她好像很喜欢貉。"

"要是狐狸的话，一定不能碰哦。会感染棘球绦虫死掉的。"

"那是啥？"

"一种很危险的寄生虫。"

绵延不绝的建筑突然中断，眼前一下子开阔了。城外小河上架着一座木桥，对面则是一片彼岸花盛开的草原。四下里散落着垃圾，看上去并不美观。这一切都毫无保留地沐浴在夕阳之下。

"在那儿。"鸟子叫了起来。

我顺着她手指的方向望去，只见一个几乎被淹没在草丛中的小小人影正朝一座巨大的垃圾山跑去。虽然离得很远，我还是认出她就是我在攀爬架的薄膜中看到的那个小女孩。我还记得她拼命奔跑，好像马上就要摔倒的样子。

"看上去不太像狐狸欸……"

"也不像貉。怎么办？"鸟子问。

一瞬间我不知道该怎么回答，毕竟直到刚才，我甚至还在怀疑足

迹的主人是否真的存在。但真正看到这个小女孩时，那种感觉又从心底深处奔涌而出。不能坐视不管，必须要帮她……

看到我的神情，鸟子一言不发地点了点头。我们自然而然地加快脚步，追在了小女孩身后。但因为要注意周边有没有变异点或其他危险，不能像她那样不顾一切地跑。

"鸟子，我好像有点不对。"

"哪里不对？"

"一看到那个女孩，我就条件反射地想去帮她。这绝对不正常，我好像被施了什么幻术。"

鸟子惊愕地眨了眨眼睛，有些犹疑地开口："空鱼……我觉得，这并不奇怪。"

"欸？"

"有人误入了这种地方，我们去帮他不是理所当然的事吗？"

"如果是鸟子，肯定会这么说。"

自己不是这么高尚的人，这一点我还是知道的。

我们现在身处八尺大人的"门"当中，会出现这样的想法无疑也是受到了八尺大人的影响。鸟子本身就是个乐于助人的人，可能没发现这一点，但我能明白。就算追上那个小女孩，她转过身来时也会变成骇人的怪物。我知道"里世界"这些家伙的伎俩。那也无妨，只需要像平时一样把怪物揍扁就行。

鸟子应该不能马上做出反应吧。她那么温柔，做不到对着一个小孩子举起枪。只能由我来开枪了。虽然我也不愿意，这样做肯定会让鸟子失望——但我会在对方进攻前先发制人。

垃圾山像浮在彼岸花海中的一座小岛，我们离它越来越近。废弃的自动三轮车、木质外壳的显像管电视，用黄铜修补过的桐木衣柜，就连垃圾都充满年代感。小女孩四肢着地，顺着乱七八糟的垃圾山缝隙爬了进去。

我们气喘吁吁地来到垃圾山脚下，对着缝隙向内张望。厚重的木桌下有一条通往深处的漆黑隧道。

我打开手电筒朝内照去，隧道高不足一米。虽然上方堆放的垃圾看起来很稳固，但我不想去试着摇晃它。

"喂——"鸟子对着隧道大喊，"你还好吗？跑进这种地方很危险哦——"

我们等了一会儿，没有反应。

鸟子无奈地转向我。

"怎么办？"

"嗯……"我也有些为难。

追上去未免有些鲁莽了……正这么想着，我朝身旁瞟了一眼，看到的东西让我浑身一震。

是"我"——我的分身。她呆呆地伫立在离我稍远的位置。

她举起右手，指向隧道的方向。

没有看向我。

"空鱼，怎么了？"

"没什么……嗯……"

我的视线只移开了一瞬间，分身就消失了。

是让我进去吗？

我想起之前，她也曾指引我去到过鸟子所在的地方。这次要找的不是鸟子，我可以相信她吗？

"空鱼？"

我叹了口气，在隧道入口处蹲下了。

"没办法。我进去看看。"

"我也去。"

"不，要是我们一起进去，垃圾山崩塌就完了。你在这里稍等一会儿，我看情况不对会喊你的。"

"知道了……小心点哦。"鸟子不安地说，拍了拍我的后背。

我下定决心，四肢着地爬进了隧道。必须用一只手拿着手电筒还挺麻烦的。我暗自在脑中的购物清单里加上了"头灯"这一项，在黑暗中缓慢前进着。值得庆幸的是，垃圾虽然多，但不臭。

这条隧道感觉很长，但实际上只有五米左右。隧道逐渐变宽，足够一人站立。我小心翼翼地直起身，避免撞到头顶，用手电筒照了照周围。这是一片被垃圾包围的半圆形空间，大概有六张榻榻米那么大。

"空鱼，没事吧？"

"没事，这里面稍微宽一点。"

"我可以进去吗？"

"再稍等一下，我确认完情况……"

我拔出马卡洛夫手枪，再次环顾周围。逃进隧道的小女孩不见了踪影，是还有别的通道吗？

用手电筒扫过墙面时，一块和人体一般大、横卧在地的物体闯入视线，吓得我差点跳起来。仔细一看是个睡袋。我战战兢兢地凑过去看，拉链是开着的，里面空无一人。上一个人离开时把它就这么放在这里了。睡袋下方铺着一条银色的毯子，是露营用的取暖装备。

睡袋靠近头部的地方放着一个帆布包，和垃圾融为一体，不仔细观察很难发现。凑近时传来一阵臭味，是人的体臭……感觉有好一段时间没洗过澡了。我打算调查，但又不想伸手去碰，正当我犹豫不决时，睡袋中掉出了一张照片。

在把手电筒对准那张照片时，我倒吸了一口气。

照片上的人，是肋户美智子。

睡袋里放着妻子的照片——也就是说，之前在这里的是肋户吗？

这时，感觉到身后有动静，我回过头去。

刚才潜身在毛毯或其他什么东西下面的小女孩探出半个头看着我。眼神交汇时，她如同被追捕的动物一般敏捷地从藏身之处一跃而出。黑暗中，女孩的双眼亮晶晶的。

我迅速用右眼看向她。这时小女孩"啊"的一声背过了脸，就像被火烫到一样。没等我用枪瞄准她，小女孩一个转身逃进了隧道。

"空鱼，刚刚发生了什么？！"

"她去你那儿了！小心一点！"

"什么——呜哇！"

叫声和扭打的声音传来，我也跟着奔回了隧道。

爬出隧道时，鸟子已经抓住了小女孩。被她从后面紧紧抱住的小女孩激烈挣扎着试图逃跑。

"啊啊啊！嗷！"小女孩发出了野兽般的叫声。

为了不让她逃跑，鸟子紧紧按住她。

"嘘，没事的，不要怕。冷静下来。"

鸟子一边拼命压制住暴走的小女孩，一边用温和的语气安慰她。我不由得看呆了。之前她好像也用同样的方式安慰过我，是什么时候来着……

"空……空鱼，过来帮忙！"

我回过神来，慌忙跑过去抓住女孩四处挥舞的手脚。

"没事的，没事的，我们什么都不会做，你安静一点——好痛！"

小女孩的全力一踢让我发出痛呼。

"让你别闹了，真是的，好痛！都说好痛了！"

在我又挨打又被扯头发的一片混乱间，小女孩好像也用尽了力气，逐渐安静下来。她一边喘着粗气，一边用凶狠的眼神看着我们，就像被捕的野兽一样。

头发乱糟糟的鸟子气喘吁吁地问："她不是狐狸或者貉吧？"

我再次把鸟子怀中的孩子仔细端详了一番，确实是个女孩。长长的黑发没有修剪过，身上的黑色连衣裙已经变得肮脏又破破烂烂。刚刚还穿着的一只鞋也已经不知跑到哪里去了，现在赤着两只脚。身躯消瘦，身上脏脏的。她还很小——最多也就五六岁。

"毫无疑问——是人类。"我答道。

女孩的眼神一直追随着我。尽管已经体力不支，她似乎还在寻找逃跑的机会。我知道，因为如果是我的话也会这么做。

"啊！"

我忽而恍然大悟。

原来如此，所以我才那么想救这个小女孩吗？

我用另一种眼光注视着眼前的孩童。

看样子她误入"里世界"以来，一定也遇到了不少可怕的事。但这个女孩没有只因为恐惧而颤抖，她在努力活下去。

曾经的我也是如此。

小女孩眨了眨眼睛，皱起眉头，就像感受到了我的想法。原本像只炸毛流浪猫一样的她逐渐缓和下来，僵硬的手脚也逐渐放松。

从身后抱着她的鸟子似乎也感觉到了，她弯下腰，轻轻把女孩放下。女孩站定了，抬头望着我们。鸟子已经松开了手，小女孩没有要逃跑的意思。

鸟子蹲下身，温柔地对她说："对不起，吓到你了。我是鸟子，她是空鱼。你叫什么呢？"

小女孩什么也没说。

"你一直都是一个人吗？一定很害怕吧。没事了，我们能回家了。"

小女孩疑惑地望着鸟子，似乎没听懂她的话。

"啊，莫非你不是日本人？ Hello ？ Bonjour ？ 你好？ 안녕하세요？ "

毫无反应。见我和鸟子无奈地对视了一眼，小女孩战战兢兢地开口说道。

"也就是说这可能是小空鱼认识界面的实体化。"

"……啊？！"

"就像热牛奶时表面上生成的那层膜一样。"

或许是被我和鸟子惊讶的神情吓到，她的话说到一半就闭上了嘴巴。

"刚才那是什么？"

就算再问，女孩也只是一脸的害怕，不肯再说一个字。

我想起来了。刚才她说的，是我们很早之前和小樱之间的对话。

之前好像也发生过类似事件。"里世界"生物在和我们进行接触时，会模仿我们的语言……

我心头涌起一阵莫名其妙的不安，问道："我说，你是从哪里来的？"

小女孩像是听不见我的声音，她背过脸，望着尚未西沉的太阳。

我们也随之转向夕阳所在的方向，这时，传来了响彻云霄的钟声。

“当”……

低沉的钟声还未止歇，视野中的景象开始逐渐变成蓝色。

方才还被夕阳染得通红的世界，眨眼间就被蓝色覆盖。巨大的太阳成了一个超蓝的圆盘。

那不是太阳——是空中裂开的一个巨大的口子。我们一直沐浴在来自“里世界”深渊的光芒当中。

“当”……

钟声再次响起，空气也为之震动。

“空鱼，那是……刚才有那个东西吗？”

我朝鸟子说的方向看去，只见草原对面那片街区当中，耸立着一座东京塔似的黑色铁塔。

铁塔上方缠绕着如同褪色风幡般的东西，正随风轻轻摆动。看着看着，我的脑海中莫名浮现出长长的黑发。紧紧缠绕着我手指的，女人的黑发……

“——八尺大人？”

我脱口而出这个名字。

“那个？哪里像？”鸟子皱着眉头嘟囔道，“虽然看上去有个八百尺了……”

我无言以对，呆呆地仰望着这一幕，突然手被拉住了。我低下头，发现小女孩抓着我的手，表情凝重。

“怎么了？”

小女孩似乎对茫然的我感到不耐烦，背过身去。她拉着我的手朝夕阳的方向快步跑了起来。

"等……等一下——"

我试图叫住她，但小女孩头也不回，焦急地前进着。

"她是不是让我们跟上？"鸟子的声音听上去也有些茫然。

似乎没错。我用另一只手拉住鸟子，小女孩瞟了一眼，加快了脚步。

一瞬间，银色的磷光在我们周围闪烁，我们来到了一条长长的走廊里。

鸟子讶异地叫了起来："刚才我好像碰到了什么。"

走廊里铺着木地板，在我们脚下嘎吱作响。两侧是接连不断的格子窗，透过窗户，只能看到一片蓝光。在这片如海洋一般的深蓝色中，有一个巨大的影子在移动。下一秒，银色磷光再次闪烁，身边的景象变了。

这次我们来到了室外，是大楼的屋顶。周围都是些一模一样的方形大楼，被水泥搭建的桥联结在一起。天空完全变成了蓝色，让我想起世界尽头的那片海滩。正当我们穿过屋顶，踏上通往隔壁大楼的桥时，眼前又成了一片银色。

现在我们位于一片荒凉的平原上。寸草不生的灰色地面向地平线不断延伸，除了满地的岩石和带刺的枯树，目之所及什么也没有。前方耸立着一座黑色铁塔，和我们最开始看到的那一座很相似。荒野中遍布着同样的黑塔，仿佛感受到了我们的出现，铁塔顶端闪烁着，漾起奇妙的蓝色涟漪，就像有人在半空中用油彩绘画一样。

涟漪飞快地扩散，就在即将触碰到它时，我们又被卷入了另一幅景象中。是郁郁葱葱的森林，树冠上盘踞着某种巨型生物。透过繁茂的枝叶，隐约能看见湛蓝的鳞片……

每当我们前进，眼前的景色便随之切换。在那个遭遇"山之件"的旋转观景台和"时空大叔"事件中也发生过类似的现象，但以这么鲜明的形式认识到这一点还是第一次。鸟子和我都呆住了。虽然不知道是怎么做到的，这个牵着我的手前进的小女孩似乎能在"里世界"不同的空间移动。

一次，又一次，到达的地方总有"蓝色"在等着我们。我一时间无法判断到底是它们在渐渐追上我们，还是我们在远离它们。但穿过几片离奇古怪，如同梦境般的景象后，来自"超蓝（Ultra-Blue）"的压力逐渐减弱了。

与此同时，变幻的场景也越来越接近我熟悉的现实世界。挂着蓝色黑板的教室、立着蓝色稻草人的田间小道、蓝白色霓虹灯一闪一闪的郊区小钢珠店。原本空无一人的景色里也开始有了喧嚣，模糊的人影从视野中掠过，像隔着一块毛玻璃。店铺招牌上的字逐渐能看懂了。

"莫非我们正在离开'里世界'？"

"鸟子你也这么觉得吗？"

"嗯，这么走下去的话，应该会回到'表世界'的某处……"我和鸟子一惊，看向对方，"空鱼……这不妙吧？"

"怎……怎么办？要回到'表世界'了！"

要是在人流密集的地方带着枪出现就糟糕了。但小女孩没有理会手足无措的我们，径自不断前进。

"不能控制出口吗？"

"怎么控制？"

"你能看见前面是什么地方吗？"

我照着鸟子说的用右眼环顾了一圈，周围被银色的雾霭包裹。四面八方环绕着雾气，让人分不清方向。有时雾气变薄，能看见些许前方的景象。每当这时，小女孩便朝着那里走去。

那如果能找到没人的地方，说不定能把她引到那边去。我凝神注视着雾霭前方，在这期间，身旁来来去去的人影逐渐清晰起来。似乎有人开始注意到了我们，侧身避开或回头注视。我焦躁地张望着，余光中逐渐闪过些熟悉的地点。

神保町的铃兰大道、位于新宿 Alta 大楼前的广场、池袋的淳久堂书店……是因为我集中了注意力，所以能看到了吗？但这些地方都不行，人太多了。要去人更少的地方，拿着枪也不会被抓起来的地方才行……

"啊，对了！"

我不觉脱口而出，小女孩用责备的眼神看着我。我无暇顾及自己的形象，高举起牵着她的那只手指向想去的方向。

"来这边！过来！"

她怀疑地皱起眉头，但还是听从了我的指示。前方雾气消散，眼前出现了熟悉的光景。还没等我松口气，女孩寸步不停地往前走去，我连忙说："鸟子，打开'门'！"

"好、好的！"

鸟子的左手拨开眼前的那片空间，下一秒，我们突兀地被丢出了"里世界"。

我们正站在小樱家玄关前。

小女孩惊愕地站定了，这时我们面前的大门恰好打开，小樱趿拉着一双蓝色洞洞鞋走了出来。看到站在自家门口的我们，小樱目瞪口呆。

她来回看着我、鸟子和脏兮兮的小女孩，紧皱着眉头询问："你们拐来的？"

"不是拐来的。"

"呃，那……"

小樱对我的说法似乎不太满意，又盯着小女孩看了一会儿。她警惕地后退几步，躲在我们身后。

"你们生的？"

怎么可能啊？

6

“所以，那到底是什么呢？”

几天后。我和鸟子在约好碰头的地方一边大口塞着巨无霸汉堡和鸡块，一边漫无目的地闲聊。

在那之后，我们用小樱家的浴室给那个身份不明的小女孩彻底洗了个澡，把她带到了 DS 研 ①。虽然我们也去了现场协助，但结果还是不能和她正常沟通。在比对失踪人口资料的这段时间，我们决定先让 DS 研负责照顾她。

“她会不会是肋户的女儿啊？”

“不会吧……你看肋户从头到尾只说过妻子的事，他的妻子也没提过孩子失踪什么的。”

“肋户就住在那座垃圾山里，对吧？”

“虽然我没有仔细调查，但看起来是的。”

“小女孩会去到那里，是偶然吗？”

“谁知道呢。”

“‘里世界’的存在把我们骗了过去……八尺大人又把我们推到了更深的地方……所以它们想要我们做什么呢？只是为了让我们发现肋户的据点吗？”

---

① 黑暗科学研究奖励协会的简称，为探索“里世界”而成立。

"假设它们有自我意识的话，会不会是想让我们发现那个小女孩？"

"为什么呢？"

"嗯……"

我舔了舔沾在手指上的芥末酱，伸手拿起可乐。当我咬着吸管靠在座位上时，恰好与注视着自己的鸟子四目相对。

"嗯？"

"没什么。"鸟子摇摇头，也往后一靠，叹了口气，"也不知道肋户怎么样了……该怎么跟他的妻子说呢？"

"关于这个……我觉得可以不用回复了。"

"啊？"

我从包里取出一张明信片，把它朝鸟子推去。明信片上用圆珠笔写着收件人是我，没写寄件人的名字。

"这是我今天出门时在邮筒里看见的。"

"我可以看吗？"鸟子把明信片翻过来，露出了惊讶的神情，"这是什么？"

明信片背面是一张照片。上面用简陋的字体写着"结婚了"，可能是镜头脏了，照片里的背景有些模糊。前景那个人应该是肋户美智子，涂着鲜红的口红。背后是他们住的房子，刷着白墙，角度歪歪扭扭的。二楼窗边站着一名男人，虽然也在看镜头，但显得模糊不清，就像用灰色黏土制成的人偶一样。房子后面漆黑的树影像是远方的铁塔。

"你说他们为什么要寄给我这样的照片？"我问道，鸟子默默摇了摇头，"真是莫名其妙。一开始还觉得她挺正常的，看来也不太对劲。那个人大概不是真正的肋户美智子。"

"那她是谁？是假的美智子吗？"

"或许她谁也不是，就跟之前那三个大妈一样……"

"你是说，她虽然是人的模样，但也属于'现象'的一部分吗？"

"没错。所以我觉得不用再联系她，应该也联系不上吧。想要的话这张明信片给你。"

"我才不要。"

"我也是。那把它丢了吧。"

我们端起托盘站了起来。我打开盖子，把垃圾倒进垃圾箱，就在明信片掉落的瞬间，我突然又改变主意，抓住了那张明信片。

"不丢掉吗？"

"不……说起来，把它卖给 DS 研不就好了。"

鸟子瞪圆了眼睛表示无语。

"他们会买下来吗？"

"反正我们接下来也要过去，试一下又不要钱。"

"我好久没去 DS 研了。"

"你确实很久没去了。我上次去还是润巳露娜苏醒的时候吧？不，不对，是去商量如何整修'牧场'的时候。"

"欸？啥？润巳露娜？她痊愈了吗？"

"我没说过吗？"

"我第一次听说这个消息。"

我漫不经心地甩着手里那张瘆人的明信片，和鸟子走向地铁站。

Otherside Picnic

故事原型

本作品以现存众多灵异故事和网络怪谈为原型写就。笔者将书中直接引用的故事特别标注如下。以下内容涉及正文，可能存在剧透，请谨慎阅读。

■ 档案 16 Pontianak Hotel（庞蒂纳克酒店）

作品中茜理和夏妃所遭遇，空鱼表示"这不是庞蒂纳克酒店吗"的现象出自 2ch 揭示版的灵异超常现象版块"微恐故事其 94"帖子的第 922—951 楼（发布于 2013 年 6 月 22 日）"庞蒂纳克"一文。报告者是新加坡人，他在参军并于训练营接受训练时，与伙伴两人一组巡夜，在那里遇到了一只"女妖"。最后，他的伙伴发疯自杀了。这样细节翔实的军中怪谈，且由外国人用日语讲述的故事非常少见。当然，这也可能只是他的幻觉而已，毕竟这样的经历真的很罕见。

庞蒂纳克是主要流传于印尼、马来西亚等东南亚地区的超自然存在，各地对其外表的描写有所不同。如孕中死去的女性幽灵、没有身体、只有内脏悬挂在外的人头等。本作中并未提及庞蒂纳克的真面目，一切都在酒精影响下变得朦胧。

■ 档案 17 映出过去的斜面镜

空鱼眼中的光景被中间领域的镜子所扭曲这段描写，参考了 2ch 揭示版的灵异超常现象版块"微恐故事其76"帖子的第 685—690 楼（发布于 2011 年 8 月 24 日）"斜视"一文。文中报告人因为年少时经历过的事故，如果不特意集中精神，眼睛就会变成斜视，文章讲述了他用那只斜视的眼睛看镜子时，镜中影像和自己的动作不同步的故事。

有着螳螂般细长手臂的女人出自 2ch 揭示版的已婚女性版块"【恐怖】梅雨中的恐怖故事【心灵】11"帖子的第 932、934 楼（发布于 2006 年 8 月 7 日）"4F 女子厕所"一文。故事描述了一处毗邻车站的娱乐设施，在设施四楼的女厕入口前有一面镜子，镜中会映出一名走路姿势奇怪的工作人员，拖着步子走上来抱住在镜前的人。镜子本身就是一个容易令人产生幻觉的物品。

但在我执笔档案 17 的过程中，偶然回看某本竹书房恐怖文库出版的实话怪谈书籍时，发现了类似的故事。"在某个购物中心、商场或商业设施的厕所，有一面会映出女人的镜子……"之前阅读时没有注意，回看才发现故事与"4F 女子厕所"有不少共通点，本打算之后也列入故事原型中，但过了几天就不记得是哪本书了。知道这个故事的读者请务必告诉我。应该不是最近的新书，但我不太确定。或许根本就是一场梦也说不定。

■ 档案 18 迷家独处

如正文中提及的那样，广为流传的民间故事"迷家"出自柳田国男所著作品《远野物语》。本来就是日本东北地区到关东一带的传闻，应该能轻易在古代故事或民间故事书中找到。网络上罕有类似内容，但比如在 2ch 揭示版的灵异超常现象版块"与山有关的恐怖·奇妙故事 Part 44"帖子的第 72 楼（发布于 2009 年 6 月 11 日）中也有记载。楼主有一名女性朋友，她的祖母在深山里发现了一幢建筑，但与传说不同，不是日式房屋，而是一座"像德国或列支敦士登建筑的小城堡"。顺着河流漂下来的也不是碗，而是一把精美的梳子。本书中对迷家的描写并非基于某个特定故事，而选择了中西合璧的建筑，力求还原"迷家"的氛围。

■ 档案 19 再会八尺大人

八尺大人的出处请参考第一部档案 2 的解说部分。

书中提到空鱼走出电梯后发现天空一片赤红，这一情景在第一部档案 2 的解说中也有提及，是"通往异界之门"，类似描述出自 2ch 揭示版的灵异超常现象版块"难以解释的体验，谜样故事 ~ enigma ~ Part 59"帖子的第 553—554 楼（发布于 2010 年 1 月 13 日）

"电梯之外"一文。故事中主角走出公寓电梯后，明明当时是白天，却看见了日落时鲜红的晚霞；而面前的街景一片昏暗寂静这一点也与"通往异界之门"的记载相同。

"难以解释的体验，谜样故事 ~ enigma ~ Part 48"帖子的第465—467楼（发布于2008年11月24日）的"老爷爷和巴士"一文中提到作者在前往吉祥寺的巴士里遇到了一位老爷爷，被他送进了一条空无一人、仅有红光照耀的街道。这可以说是"时空大叔"的衍生故事。

尽管"误入不存在的日落街道"相关体验谈很常见，但本作执笔时直接参考的原型出自《奇妙通信 九夜恐怖故事》①收录的《关于我误入的那条街》一文。作者称自己儿时曾见过异样的一幕：一栋五层楼高的木房子连接着悬浮空中的回廊，令人印象深刻。这也是《里世界郊游》一书的源流之一。

而1991年出版的《奇妙通信》在实话怪谈史上占据着重要位置，书中有几个故事和《新·耳·袋 你身边的恐怖故事》②有共通之处。《新耳袋》是作者通过直接采访怪谈体验者写就，也是"实话怪谈书籍"火爆的契机。第一版在市面上已经很难买到了，但2002年春树恐怖文库将其更名为《奇妙通信"怪"》后再版，再版的书籍与原版无异，也更易找到。

顺带一提，同样在1991年，劲文社推出了另一个常青系列《"超"

① 大迫纯一著，实业之日本社1991年出版。

② 木原浩胜、中山市朗著，扶桑社1990年出版。

恐怖故事》系列，更早之前的热门作品还有 20 世纪 80 年代稻川淳二的著作，但通常认为其作品更接近经过作者改编的怪谈衍生产物。

虽然是老生常谈了，但还是要感谢给笔者带来直接、间接影响的网络传说、实话怪谈报告者。希望本书能作为一份薄礼，回馈一直以来为笔者带来无数恐怖体验的各位作者。

图书在版编目（CIP）数据

里世界郊游.⑤,再会八尺大人/（日）宫泽伊织著;
游凝译.-- 宁波:宁波出版社,2023.7（2024.1 重印）
ISBN 978-7-5526-3050-3

Ⅰ.①里… Ⅱ.①宫… ②游… Ⅲ.①幻想小说—日
本—现代 Ⅳ.① I313.45

中国国家版本馆 CIP 数据核字 (2023) 第 130304 号

版权合同登记号：图字 11—2023—227

里世界郊游⑤ 再会八尺大人
LI SHIJIE JIAOYOU 5 ZAIHUI BACHIDAREN

[日]宫泽伊织　著

游凝　　　译

出版发行　宁波出版社
　　　　　（宁波市甬江大道 1 号宁波书城 8 号楼 6 楼　315040）
责任编辑　孙秀秀
责任校对　谢路漫
印　　刷　嘉业印刷（天津）有限公司
开　　本　880mm×1230mm　1/32
印　　张　7.75
字　　数　160 千
版　　次　2023 年 7 月第 1 版
印　　次　2024 年 1 月第 2 次印刷
标准书号　ISBN 978-7-5526-3050-3
定　　价　48.00 元